ベリーズ文庫

俺様社長は
カタブツ秘書を手懐けたい

葉月りゅう

JN179635

STARTS
スターツ出版株式会社

目次

第一条（秘書の独占権）

最後のおしゃべり……6
華麗なる下剋上……26
熱烈に口説かれて……43

第二条（特別報酬の支払）

濃密な秘書業務……62
風変わりな彼のテリトリー……81
カリスマシェフのご帰還……100
強引に踏み込むプライベート……119

第三条（社長の寵愛権）

秘密の恋人ごっこ……140
孤独を満たすハニー・キス……159

聖なる夜には甘い独占契約を……179
かりそめの幸せは儚い幻……201

第四条（幸福な未来の決定）

愛おしさを天秤にかけて［Side＊不破］……230
回避不能なハートブレイク……253
愛して、抱きしめて……275
四六時中、あなたのお気に召すまま……289

特別書き下ろし番外編

スイート・マリッジライフの秘訣……312

あとがき……332

第一条（秘書の独占権）

最後のおしゃべり

十二月中旬、頭上には今にも雪が舞いそうな白磁色の空が広がっている。

ここ東京の冬の寒さは、地元の新潟に比べればだいぶマシだけれど、今は身体よりも心が冷えきっていて寒い。無意識に吐き出したため息が、同じ色の空に消えていく。

私、有咲《ありさき》麗《れい》は、会社屋上の柵の上で両腕を組み、ビルがひしめき合った街並みを眺めながら、感傷に浸っている。

昨日、大切なものをひとつなくして傷心中なのだ。ひとりでぼうっとしたいときによく来ているこの屋上に、今日もなんとなく上ってみたくなった。

冷たい空気が肌を刺し、心と同じ温度になっていくのを感じていると、私の後方にあるドアがギィッと開く音がした。なにもないここに来る人はほとんどいない。今も昼休みとはいえ、誰かが来るとは思わず、驚いてバッと振り返る。

「お、先客がいた」

独り言を漏らすその人物に、私は目を丸くして、「お疲れさまです……！」と挨拶した。

百八十センチはあろうかという高身長に、すらりとしたモデルのような体型。ダークブラウンの髪は無造作に毛先が散らされ、男らしさと美しさが融合したような整った顔は、誰が見てもイケメンだと認めるだろう。

彼、不破雪成《ふわゆきなり》さんは、同じ会社で働く二十六歳の調理師だ。私はほんの数回話したことがある程度で、彼は愛想がいいタイプではないが、気さくに話してくれる人だと認識している。そして、いろいろな意味で印象的な人であるため、名前もしっかり覚えている。

不破さんは、いつもはレストランに勤務していて、この本社に来ることは滅多にないのに、いったいどうしたのだろうか。

私服のジャケットのポケットに片手を入れ、ゆっくりと私の隣に歩み寄ってくる彼に問いかける。

「不破さん、どうしてここに？」

「社長に用があったんだけど、ちょうど来客と重なって」

「時間潰しですか」

「ああ。屋上来たことなかったし、最後に景色を拝んでおこうかと。でも……六階からじゃ、たいして眺めよくねぇな」

ん？　『最後』ってどういうことだろう。

　意味深な発言をする彼は、街並みを百八十度見回したあと、つまらなさげに柵に片腕をかけて、もたれかかった。その気怠《けだる》げな仕草もカッコよく見えるのだから、容姿がいい人は羨ましい。

　私はまっすぐな長い髪だけは自慢できるけれど、それだけ。顔は派手なほうで、気が強く見られることが多いし、痩せ型で胸が豊満なわけでもないし。これといって誇れるような特徴のない自分からすると、今隣にいる彼は、芸能人のように住んでいる世界が違う気がする。

　特にこの不破さんは、他の人とは違う〝なにか〟を感じさせる独特な雰囲気を持つ人なのだ。具体的に説明はできないけれど、なんとなく。

　そんなことを考えていると、アーモンド型の二重《ふたえ》の瞳がこちらに向けられる。

「あんたは……」

　彼は、カジュアルな通勤服姿の私を頭からつま先までざっと眺めて、ひとこと。

「自殺？」

「なわけないじゃないですか！」

　思わずツッコんでしまった。物騒なことを言わないでほしい。

無表情でボケをかます不破さんは、小首を傾《かし》げて私の顔を覗《のぞ》き込んでくる。

「じゃあ、虚無感が漂いまくってるように感じるのは、俺の気のせいか」

意思の強そうな瞳で見つめられながらそう言われ、ギクリとした。

私、そんなに暗いオーラを出していた？　というか、彼は今来たばかりなのにそれに感づくって、タダモノじゃないな。

少々驚くと共に、こうしている理由を思い出し、私は苦笑を浮かべる。

「ちょっとショックなことがあったんで、そのせいですかね」

すると、彼は再びさらっとひとこと放つ。

「失恋？」

「っ……。なぜ今度は的確に当ててくるんですか⁉」

「女子がショックを受けることといえば、だいたいそれかなって」

「すごい偏見ですね！　まあ、今回は当たってますけど」

見事に的中されて、私は脱力した。

そう。なくした大切なものというのは、大学時代に初めてできた彼氏のこと。二十歳の頃から約三年間付き合って、昨日フラれてしまった。

まだまだショックが癒《い》えず、どんよりした気分になる私に、不破さんは涼しげな顔で言う。

「今の気持ちとか文句とか、話したら多少ラクになるんじゃない」

「そうかもしれませんけど、不破さんとは友達じゃないですし……」

ただの同僚で、しかもそんなに話したことのない異性に失恋話を聞かせるのは、いかがなものか。

ためらっていると、彼は突然こちらに右手を差し出してくる。

「手、出して」

「手？」

キョトンとする私の右手を差し出すよう指示してくるので、とりあえず言われた通りにしてみると、ぎゅっと握手させられた。

わ、大きな手……指も長くて綺麗《きれい》。

でも少々無骨で、甲には血管が浮き出ているそれからは、料理人の男性らしさが窺《うかが》える。

彼の手も冷えているのに、不思議と温かさを感じて、全身にじわじわと火照《ほて》りが広がっていく。

「はい、これで〝オトモダチ〟。俺の暇潰しにもなるし、遠慮なくどうぞ」

淡々と告げられた言葉でこの握手の意味を悟り、私の緩んだ口から、ふふっと笑いがこぼれた。

不破さんって本当に不思議な人だな。そっけないくせに、壁を取りはらうのがうまいというか。たいした繋《つな》がりのない私相手にも、こんなふうに話に付き合ってくれようとするって、意外に根は優しいのかも。

それだけでいくらか気分が変わってきた。確かに、話したらスッキリするかもしれない。

お言葉に甘えることにした私は、昨日のことを思い返しながら口を開いた。

＊　＊　＊

日曜日の昼下がり、東京の街中は休日を楽しむ人々で賑《にぎ》わっている。

一方の私は、休日らしさのないレディーススーツの上にコートを羽織り、クリスマスムードが漂う通りを全速力で駆け抜けていた。

待ち合わせの時間は、とうに一時間も過ぎている。本来なら私も休みだったはずなのに、急遽《きゅうきょ》、新規レストランのオープンに立ち会わなければいけなくなり、予定が狂ってしまったのだ。

颯太《そうた》、ごめん！　今日は私がおごるから！

待ちぼうけを食わせてしまっている優しい彼氏に心の中で謝り、馴染《なじ》みのカフェへと急ぐ。罪悪感と共に、こんなことは日常茶飯事で、慣れ始めてしまっている自分にやりきれなさも感じながら。

大学卒業後、私は都内を中心にホテルや旅館などのレストランの業務委託を行っている〝プロバイドフーズ〟という中小企業に就職した。レストランに調理師やスタッフを派遣し、その店舗の運営を請け負う会社だ。

世間的には優良企業だと思われているだろう。私も会社説明会でのアピールが魅力的で、ここを受けようと決めたのだから。

営業職で、千代田《ちよだ》区にある本社に入社した結果……休日出勤、サービス残業、その手当てがきっちりつかないのも当たり前。プロバイドフーズは世に言うブラック企業なのだと、働き始めて半年ほどで確信した。

しかし、会社をブラックにした役職者の方々に不満はあれど、周りの社員は皆、人がよく、関係も良好だったりする。

なんだかんだで人間関係が一番大事だ、と両親が言っていたように、いくらホワイトであっても、人付き合いがうまくできなければ結局つらくなるだろう。

それに、まだ入社一年目だ。音を上げるには早い。もう少し頑張ってみよう。

……という負けず嫌いな性格もあって、辞めるまでには至らない。

こんな私の支えになってくれているのが、大学時代から付き合っている颯太。

同い年で二十三歳の颯太は、至って健全な製薬会社で働いている。給料もそれなりで、休日ももちろんカレンダー通り。

同じテニスサークルに所属していた彼は爽やか系のイケメンで、優しい性格ゆえにちょっと優柔不断なところがあるけれど、どんな人にも好かれる好青年だ。

私が仕事でデートの予定をドタキャンしても、彼は決して怒ったりはしない。理解があって、一緒にいると心が安らぐ存在である。

今日もそのオアシスを求めて、私たちの行きつけであるイタリアンのカフェに飛び込んだ。

冬だというのに、全力疾走したおかげで背中が汗ばんでいる。窓際の席に颯太の姿を見つけると、息を切らしたままそこに向かった。

クセ毛っぽいパーマがかかった柔らかな髪。その下の優しげな瞳が私を捉え、にこりと微笑《ほほえ》む。それだけで、心なしか疲れが飛んでいくような気がした。

軽く手を上げた彼に、私はコートを脱ぎながら必死で謝る。

「ごめんね、颯太！　すっごい待たせちゃった」

「大丈夫だよ、ここドリンクバーあるし。麗もお疲れ」

毎度のことながら、颯太は嫌な顔をせず私を労《ねぎら》ってくれる。まだ自分もなにも食べていないようだし。申し訳なさと感謝の気持ちでいっぱいになる。

適当に、ぱぱっとランチを頼み、私も飲み物を持ってきてようやくひと息ついた。

しばらくして運ばれてきたランチをお供に、たわいない会話を楽しむ。が、なんとなく颯太の様子がよそよそしいというか、元気がないような気が……。

若干気になったので、とりあえず明るい話題を出してみることにする。

「来週はもうクリスマスだね。今度の土日は絶対休むから、一緒にどこか──」

「麗」

突然話を遮られ、フォークにパスタをくるくると巻きつけるのをやめてキョトンとする。颯太はさっきまでの穏やかな雰囲気をどこかに潜め、深刻そうな表情で私を見つめていた。

そのとき、瞬時に悟った。これは悪い展開が待っているに違いない、と。

「その約束は、できない」

……ああ、やっぱり。次に来る言葉は、きっと……。

「別れよう」

予想通りのひとことが重々しく放たれ、全身の力が抜けていく感覚がした。

カチャリ、とフォークを置く冷たい音が響く。ショックなのは確かなのに、どこか冷静な自分もいて、なんだか変な感じ。

「……私が、仕事を優先するから？」

落ち着いた声で呟《つぶや》くと、颯太は「そうじゃない」と首を横に振った。

「仕事優先なのは社会人として当然だろ。僕たちが会える時間が減るのも仕方ないし、頑張ってる麗を応援したいとも思う。問題なのは……僕が、麗と会えないことを寂しいと思わなくなったこと」

彼は沈痛な面持ちをしつつも、正直に気持ちを伝えた。私はそれをしっかりと受け止める。

「麗とずっと一緒にいたいっていう気持ちが、どんどん薄れていってるんだ」

彼の愛情はすでに離れていたのだとわかって、胸が痛まないはずはない。なのに、思いのほか冷静でいられるのは、こうなることをどこかで予期していたからだ。

「……なんとなく、そうなんじゃないかなって思ってた。今日だって、誘ったの私だしね」

私は抑揚のない声で言い、自嘲気味の乾いた笑いをこぼした。

考えてみれば、颯太から誘ってくることは最近ではほとんどなくなっていた。それは忙しい私を気遣ってくれているからではなく、愛情が薄れていたから。ドタキャンされても怒らなかった理由も同じだろう。

私はその可能性に気づかないフリをしていただけ。もっと早くに対処していればよかったのかもしれない。颯太の優しさに甘えっぱなしだった私の、自業自得の結果だ。

「優柔不断な颯太がこれだけはっきり言うってことは、本当にもう、終わりなんだね」

「……ごめん」

目を伏せて謝る彼を見ていると、やり直すつもりはないのだとわかり、引き止める気も起きなかった。

三年も付き合ったのに、こんなに簡単に別れを受け入れられるということは、私の愛情も水に溶かした絵の具くらいに薄まっていたのかも。

しばらく重苦しい沈黙が続いたあと、私はおもむろにフォークに手を伸ばし、冷めきったパスタを口に運び始めた。食欲はとうに消え失せているけれど、出されたものを残すというのは私の中でマナー違反だ。

なんとか胃に押し込み、これまた冷めているカプチーノを飲み干して、バッグの中を漁《あさ》る。

急に動きだした私を颯太はぽかんとして見ていたが、財布を取り出すと、はっとして制してくる。

「待って、僕が――」

「いいの、今日は私が出すつもりだったから。それに、優しくされると惨めな気持ちになるだけだし」

毅然《きぜん》と言って、千円札を二枚テーブルに置くと、さっさと腰を上げた。コートを羽織り、今しがたの言葉に補足する。

「でも、そういう颯太の優しさにたくさん救われたよ。ありがと」

「麗……」

なんであんたが泣きそうな顔してるのよ、こっちは無理やり口角上げてるっていうのに。

そう心の中で物申して、緩みそうになる涙腺をなんとか引きしめる。

予期していた別れであっても、やっぱり悲しいし、寂しい。これからも一緒にいたかった。

……でも、もう戻れない。戻らない。終わった恋にしがみついていたら、みっともない。

「私、仕事に生きるわ。じゃあね」

フラれたことを払拭するくらい清々《すがすが》しく別れてやろうと、あっさりとした口調で告げ、笑顔で手を振った。

歩きだし、颯太の横を通り過ぎようとした瞬間、耳に馴染む声が投げかけられる。

「僕も、麗といられて幸せだった。ありがとう」

切なさが滲《にじ》む、真摯な声。

一瞬足が止まり、堪《こら》えていた涙が急激に込み上げてくる。それがこぼれ落ちる前に、私は唇を噛《か》みしめ、振り返らずにカフェをあとにした。

耳の後ろで結んでいたシュシュを外し、長い髪で泣き顔を隠して寒空の下を歩く。

終わるときはこんなに呆気《あっけ》ないものなんだな……。三年間、楽しかった。

デートも、手を繋いだのも、キスも。全部全部、颯太が初めてだった。その大切な思い出が繰り返し頭の中に流れる。

ケンカもしたし、嫌なこともそれなりにあったのに、どうして幸せな記憶ばかりが浮かんでくるのだろうか。

これを振り切るためには、仕事をするしかない。あいにく、勤め先がブラック企業でよかった……なんて、まさかこんなふうに思う日が来るとは。

颯太に宣言した通り、しばらくは仕事に生きよう。

そう心に誓い、私は濡《ぬ》れた頬を手で拭《ぬぐ》って、クリスマスムード一色の街中をひとり歩き続けた。

＊　＊　＊

落胆しながら、早く親友に話を聞いてもらいたいと思って帰途についた。調布市《ちょうふし》の仙川《せんがわ》にあるマンションで、大学を卒業してから親友とルームシェアをしているのだ。

しかし残念なことに、介護福祉士として働く彼女はちょうど夕方から夜勤だった。私とほぼ入れ違いになってしまい、結局まだ話せていない。

そのせいか、不破さんにすべて吐き出した今、予想以上にスッキリしている。これでさらに午後の業務で忙殺されれば、だいぶ気持ちが切り替えられるかもしれない。

「今だけは、ここがブラック企業で感謝してます。不満ばっかりのくせして都合いいですけど」

「普段いいように使われてる会社なんだし、こんなときくらい利用してやれよ」

確かに不破さんの言う通りだと思い、私は小さく笑いをこぼして「そうですね」と同意した。

どうやら、レストランに派遣されている立場の彼も、プロバイドフーズがブラックだという認識があるらしい。それも当然か。平社員なら受ける扱いは皆、似たようなものだろうから。

「でもここの待遇じゃ、新しい恋どころか、自分がやりたいこともできないだろ。辞めたいって思わないの？」

こちらを横目で見る彼に、もっともなことを指摘され、しばし自問自答してみる。

大学時代には、友達やサークル仲間と毎週のように飲みに行ったり、遊んだりしていたけれど、就職してからはそんな暇がなく、だんだん疎遠になってきている。大学に進学するときに新潟から上京してきた私には、もともと東京の友達が少なく、夢中になれるような趣味も特にない。

改めて考えると、結構寂しい女だな、私。

だからこそ、今は仕事にとことん打ち込んでみるのもいいんじゃないかと思う。会社に使われているのは承知のうえで、どこまでやれるか試してみたい。

「……辞めません、今はまだ。自分がどれだけ仕打ちに耐えられるか、突きつめてみるのもアリかなって」

「なるほど。それはドエ――」

「ドMですよね、わかってます」

不破さんが言おうとしたことはなんとなくわかったので、真顔でかぶせた。

自覚はあるのだ。普段わりとサバサバしているせいもあってか、Sっぽいと思われることが多いようだけど、基本、攻められるほうが好きなのよね。

って、今はそんなことはどうでもいい。

「これから状況がいいほうに変わることだって、あるかもしれないじゃないですか。八ヵ月働いたくらいで見切りをつけるのは早すぎる気がして。こうしてるうちに逞《たくま》しくなれそうだし、もうちょっと頑張ってみます」

吸い込まれそうな空に向かって顔を上げ、願いも込めて明るい口調で言った。

ふう、と白い息を吐き出して隣に目線を戻すと、不破さんは形のいい唇の端をゆるりと上げる。優艶なその笑みに、一瞬目が奪われる。

「彼氏はもったいないことしたかもな」

「え？」

「あんた、いい女になるよ。たぶん」

ドキン、と心臓が突き動かされた。なにを持ってそう言うのかわからないし、お世辞かもしれない。けれど、私にそんな可能性を見いだしてくれたのだとしたら、素直に嬉《うれ》しい。

内心どぎまぎしていると、不破さんは真面目《まじめ》な表情になって言う。

「せめて三年働いてみろ。そうすれば、会社の悪いところもいいところもだいたい見えてくる。とはいえ、身体を壊してまで働く必要はないから、そうなったらすぐ辞めろよ」

入社五年目の不破さんの言葉には説得力がある。私は今のアドバイスを心に留めながら、無意識に姿勢を正し、「わかりました」と答えた。

すると、彼はさらにこう付け足す。

「五年目まで頑張ったら、もっといいことがあるかもしれない」

「いいこと？」

なんだか気になるひとことに、私は首を傾げる。しかし彼は意味深な笑みを浮かべるだけ。

そして白い封筒のようなものを、黒い細身のパンツのポケットから取り出す。

「じゃ、俺はお先に」

一瞬、彼の顔の横でひらりと掲げられた封筒に、私の目は釘《くぎ》づけになった。そこに書かれていたのは、【退職届】の三文字だったから。

嘘《うそ》。今日ここに来た理由はこれを提出するため? さっき、『最後に景色を拝んでおこうかと』と言っていた意味も、そういうこと⁉

「えっ……不破さん、辞めるんですか⁉」

柵から手を離し、不破さんに向き直って声を上げるも、彼は一歩を踏み出す。

「ああ。もうこの会社に用はない」

きっぱりと言いきり、「元気でな」というひとことと不敵な笑みを残して歩きだす彼を、私は呆然《ぼうぜん》と見送るしかなかった。

入社してから八ヵ月ちょっとの間で、すでに何人か辞める人は見てきたけれど、不破さんも辞めちゃうのか……。やっぱり彼も、ここに未来はないと見限ってのことなのかな。

なんだか物寂しい。そんなに関わったことはなくても、私は彼に救われたんだから。

不破さんと初めて顔を合わせたのは、入社して三ヵ月が経った頃。その日私は、あろうことかクレーム対応をひとりで任されてしまい、取引先の方に怒られてヘコんでいた。

なんで入ったばかりの私が、こんなに責任が重い仕事を任されるのだろう。これって、上司がクレーム対応をするのが嫌で、私に押しつけている？

どうしてもそんなふうに考えてしまい、理不尽さや虚《むな》しさで心が押しつぶされそうだった。

ダメージを受けたまま、別件でホテルのレストランに寄ると、厨房《ちゅうぼう》に不破さんがいた。コックコートに身を包んだ彼は、あからさまに元気のない私に気づいて声をかけてくれたのだ。

『どうした？　死にそうな顔して。とりあえずこれ食っとけ』

そう言って渡されたのは、野菜と卵がたっぷり挟まったサンドイッチ。

不破さんがまかないで作ったものらしいので遠慮したのだけど、『出されたもんは食え』と半ば強引に持たされた。

ちゃんとした休憩が取れず、お腹が空いていたのも事実だったため、本社に戻る途中、我慢できずにサンドイッチにかじりついた。

……どこか懐かしい味がするそれは、とてもとても美味《おい》しくて、お腹よりも心が満たされるようで。張りつめていた気持ちが緩み、私の目からは自然に涙が溢《あふ》れていた。ひとしきり泣いて、サンドイッチも食べ終えたら、いくらか気分が晴れてきて、くじけそうになっていた心に力が戻ってきたのだ。

今度会ったら、不破さんにもう一度きちんとお礼を言おう。それまで、もう少し頑張ってみよう。

そう思えたから今の私がある。もしもあのまま立ち直れないでいたら、会社にも上司にもどんどん失望して、とっくに辞めたくなっていたかもしれない。

つまり、不破さんは私にとって救世主みたいなもの。今日だって失恋話を聞いてくれたし。あのときといい、今といい、私は死にそうな顔しか見せていないことが少々悔やまれるけれど。

「……美味しかったな、あのサンドイッチ。もう食べられないのか……」

ぽつりと独り言を呟き、柵にもたれて小さなため息を吐き出した。

なんとなく物寂しいけれど、また頑張らないと。せめてあと二年、できれば四年。彼が言っていた〝いいこと〟があると信じて。

スッキリしたはずの心に舞い戻ってきた虚無感みたいなものを無視して、私は彼の感覚とぬくもりが残る手を、ぎゅっと握った。

——それから約四年。結局私は、今もブラックな会社にこき使われている。

二十七歳になり、友達からの結婚報告が増えてきた。子供が産まれた人もいる。私はいまだに独り身だ。

颯太と別れて以来、合コンや街コンに参加してみたり、気が合いそうな人を紹介されたりしたものの、付き合うまでには至っていない。

だいぶ切ない状況だが、唯一救われるのは同居人の親友もフリーだということ。約二ヵ月後に迫っているクリスマスは、今年も彼女とふたりで気楽にパーティーをすることになりそうだ。

仕事は相変わらず忙しいものの、だいぶ慣れて要領も掴《つか》めたせいか、以前ほどのつらさは感じなくなっている。

入社してから、来年の四月で丸五年が経つ。

……不破さん、私、なんとか諦めずにやってきましたよ。でも、いいことは起こりそうにない。いい区切りだし、今以上に待遇がよくなることもなさそうだし……私もそろそろ潮時かな。

懐かしい彼のことをたびたび脳裏に蘇《よみがえ》らせながら、五年の節目で転職しようと考えていた。

その矢先のこと。風が冷たくなってきた十一月初旬の朝、いつものように本社に出勤した私は、オフィスに違和感を覚えた。

デスクが十二台ある、こぢんまりとした営業部のフロアでは、老若男女の社員が各々業務を始めているのだけど、いつもとなにかが違う。

なんだろうと考えて間もなく、毎朝デスクにふんぞり返っているおじ様部長の姿がないからだと気づいた。

壁側にある自分のデスクに着き、隣の席に座るアラフォーママさん社員の溝口《みぞぐち》さんに尋ねてみる。

「部長、どうしたんですかね？　この時間には必ずデスクにいるのに」

「ねー、私も気になってたのよ。まあ、あの人が不在だってそんなに支障ないし、むしろ口うるさいのがいなくて心地いいわ」

歯に衣着《きぬ》せぬ溝口さんの発言はその通りで、私も苦笑して頷《うなず》いた。

溝口さんは明るくて綺麗で、人当たりがいいお姉さんみたいな存在。この部内で私が一番慕っている先輩で、会社の愚痴り合いをしながらもずっと一緒にやってきた仲間だ。

一方の部長は、こちらの都合などお構いなしにあれもこれもと用件を押しつけ、自分はろくに仕事をしないような人。本当に、いなくても変わりない。

私も深く気にしないで仕事をしよう。そう軽く考えてメールのチェックを始めたとき、オフィスのドアが開いた。

入ってきたのは、噂《うわさ》をしていたばかりの部長だ。ようやく来たか、という調子で社員皆がそれぞれ挨拶をする。

ところが、なぜか青ざめたような顔色をしている部長は、「全員、今から会議室に来てくれ」と声をかけ、またすぐに出ていった。

私たちは周りの人たちと顔を見合わせ、一様に首を傾げるも、とりあえず言われた通りに会議室に向かうことにした。

会議室は三階にある。七十人弱が入れる広さのそこには、すでに各部の社員が集まっていた。全員で五十人ほどだが、そのほとんどがなぜ集められたのか理解していない様子だ。

ざわざわと話し声が響く中、私は溝口さんと並んで席に着く。そうして間もなく、重役の社員に続いて、初老の社長が硬い表情で現れた。

……なんだろう、この物々しい雰囲気は。

皆が不穏な空気を感じ取ったのか、しんと静まり返ると、中央に立った社長は一度私たちを見回し、重そうな口を開く。

「皆、落ち着いて聞いてほしい。このたびプロバイドフーズは、〝パーフェクト・マネジメント〟と社名を変えることになった」

その直後、大きなどよめきが起こった。私も溝口さんと顔を見合わせる。

社名が変わるだなんてひとことも聞いていないけれど、その原因で考えられるものといえば……。

「合併するってことですか？」

私と同じ疑問を、前のほうに座る社員のひとりが投げかけた。

社長は気まずそうに目を泳がせ、歯切れの悪い口調で返す。

「いや……するんじゃなく、もうされている。買収を」

「バイシュウ⁉」

予想外の単語が飛び出し、私たちは声をそろえてそれを復唱した。

買収というものがどういうものかはなんとなくわかっていても、まさか自分たちが当事者になるとは思っていなかった。しかも、こんな突然に。

もちろん社長は以前から話を進めていたに違いないけれど、普段威勢のいい部長や重役の皆さんが別人のように黙りこくっている様子を見ると、彼らもなにも知らされていなかったのだろうと想像がつく。

「私も本日付けで退職することになった。皆、世話になったな」

社長は短い挨拶をして頭を下げた。私たちは、少々薄くなってきている彼のつむじを見つめ、呆然とするしかない。

私たちはどうなるの？　これからどうすればいいの？

おそらく全員が同じことを頭に巡らせ、困惑しまくっている中、社長は「新しい社長が挨拶をされるから、このまま待つように」とだけ言い、逃げるように会議室を出ていってしまった。

残された皆は動揺と不安を隠せず、周りの仲間と話しだす。私も例外なく。

「私たち、どうなるんだろ……。パーフェクトなんとかっていう会社の人間になるんですか？」

「普通に考えたらそうよね。社長が夜逃げしなかっただけ、よかったわよ。これで給料が上がれば万々歳だけど」

怪訝《けげん》そうにする溝口さんは、やっぱりまずそこが気になるらしい。

待遇の面もだけれど、勤務地や仕事内容も変わったりするのか、なにもわからなくて不安でしかない。

会議室内に重苦しい空気が充満し始めていたそのとき、前方にあるドアがガチャリと開いた。ざわめきが瞬時に静まり、私たちはそこに注目する。

新社長のお目見えだろうか。うちを乗っ取った人物とは、いったいどんな人なのだろう。

「あら、すっごいイケメン」

革靴の小気味いい音を響かせて姿を現した人物に、溝口さんが意外そうな声を控えめに上げた。それと同時に私の全神経がその男性に集中し、目を疑った。

スタイルがよく高身長、無造作に流れるダークブラウンの髪、きりりとした意思の強そうな二重の瞳。その整った容姿は、四年前の彼と同じ——。

「ふ、わ、さん……⁉」

無意識に口元に手を当て、小さく呟いた。

え、待って、嘘でしょう？　不破さんそっくりだけど、本当に本人？　だって彼は

調理師で、今もその道を進んでいるのでは……⁉

私は幻を見ているような気分で、堂々と皆の前に立つ彼を、凝視し続ける。

濃いネイビーのスーツ姿もサマになっている彼は、優雅に一礼をし、皆を見回してわずかに口角を上げた。

「はじめまして。パーフェクト・マネジメント代表取締役社長の不破と申します」

落ち着いた低音の声が響き、胸の奥からよくわからない感動みたいなものが湧き起こる。

本当に不破さんだった……！　この四年の間に、まさか社長になっていたなんて！

溝口さんは不破さんとは関わりがなかったし、辞めていく人も多いので、上層部の方々以外のここにいる社員のほとんどは、彼のことを知らないだろう。皆、新社長の若さに瞠目《どうもく》しているようだけど、私の驚きはその比ではない。

ひとり呆気に取られていると、不破さんはしっかりとした口調で話しだす。

「突然の話で驚かれたことと思いますが、皆さんは今まで通りの仕事をしてください。本社は新宿《しんじゅく》に移りますが、ここは支店としてこのまま機能させていくつもりです。今後の待遇は、これまでよりも確実によくなることをお約束しますので、ご安心を」

その言葉で、社員一同が安堵《あんど》のため息を漏らした。

どうやら私たちはこれまでと同じ仕事内容でいいらしい。にもかかわらず待遇がよくなるとは、まさに棚ぼただ。

目を輝かせ始める皆とは逆に、お偉い様方はじっとして縮こまっているように見える。「変動があるのは、主に役職者です」という不破さんの言葉が聞こえ、彼らはあからさまにギクリとした。

身体を強張《こわば》らせる彼らを冷ややかな目で捉えた不破さんは、その瞳と同じく声色を氷のように冷たく変化させる。

「年功序列制度に甘え、高い給料をもらっておきながら、それ相応の仕事をしていないと私が判断した方は、即降格もあり得る……と先ほど役職者全員にお話ししました。まあ、そんなクズ野郎はいらっしゃらないと思いますが」

口元にだけ冷淡な笑みを浮かべる彼の言葉は、威圧感がありまくりで、完全なる嫌味だ。なにげに口が悪いし。

部長たちは、ずーんと沈み込んでいる様子からしてクズの自覚はあったみたいなので、これから悔い改めていただきたい。

というか、不破さんのことを覚えている古株の部長方にとっては、以前は部下だった彼に下剋上《げこくじょう》されたようなもの。さぞかし屈辱だろう。こちらにしたらガツンと言ってくれて清々しいし、あがめたくなるくらいだ。

「パーフェクト・マネジメントは、年齢は関係なく、能力のある者が評価される会社です。ひとりひとりが高みを目指して成長していくことこそ、よりよい会社を作り、皆さんの生活を豊かにすることに繋がると考えます」

真剣な表情になった不破さんが淀《よど》みのない声で話す姿を、皆が希望を取り戻したかのような瞳で見つめる。

そんな私たちをゆっくりと見回し、彼は頼もしい笑みをわずかに浮かべる。

「私はあなた方を決して裏切らない。信じて、ついてきてください」

そのひとことと、彼から満ち溢れる自信が皆の心を掴んだのであろうことが、その場の雰囲気でわかった。私も、すでに新社長としての異彩を放つ彼に、四年前の姿を重ねて尊敬の眼差《まなざ》しを向けていた。

彼が私に言った『五年目まで頑張ったら、もっといいことがあるかもしれない』という言葉。その意味は、〝五年目まで残っていれば、俺が助けてやるよ〟ということだったのかもしれない。

不破さんが起業したのか、はたまた転職して社長にまで上りつめたのか、詳しいことはわからないが、プロバイドフーズを買収する具体的な予想図はきっと描いていたのだろう。

そして、それを有言実行してみせた。……なんて人だ。

脱帽すると共に、よくわからない胸の高鳴りを覚え、会議室を出ていく彼をドキドキしながら見送る。

惚《ほう》けている私に溝口さんが顔を近づけ、興奮気味にコソッと言う。

「あんなに若いのに威厳があるっていうか、カリスマって感じね。あの人が乗っ取ったおかげで、私たち、救われたのかもしれないわよ」

「はい……救世主です、彼は」

彼女の言葉に頷き、私はそう確信していた。

これで会社がホワイトに生まれ変わったら、私は三度も助けてもらったことになるんだもの。

ここまで頑張ってきた甲斐《かい》があった。それに、彼にまた会えてよかった——。

心からそう思った。

その日は、役職者の皆さんは慌ただしく、引き継ぎや社内体制の整理などの対応に追われていたものの、私たちは至って平和に仕事を終えた。『自分のやるべきことが終わったら帰れ』と不破社長から指示があったらしく、定時で上がる人も多かった。

中には残らなければならない人もいたものの、私は部長のやり残した仕事のカバーをしなくてよくなったので、いつもより早く上がることができた。残業せずに帰れるのは久々すぎて、本当にいいのかと不安になるほどだ。

帰宅途中でスーパーに寄り、すこぶる気分がよかったため奮発して牛肉を買った。今日はすき焼きにしよう。

五階建ての比較的綺麗なマンションの三階にある部屋に着くと、意気揚々と準備を始める。

しばらくして、同居人である桃花《ももか》も帰ってきた。私のほうが早く帰ってきていることは滅多にないため、彼女はものすごく驚き、さらに夕飯がすき焼きだとわかると、かなりテンションが上がっていた。

同い年の桃花はいつも笑顔で明るく、キュートな魅力を振りまいている。身長百五十三センチと小柄で、顔立ちもアイドルのように可愛《かわい》く、小動物みたいな子。

彼女も上京組で、大学に入学した当初から気が合い、卒業と同時に家賃を折半して一緒に暮らし始めた。私の唯一無二の親友だ。

仕事で嫌なことがあったときはお互いに愚痴って相談し合えるし、くだらないテレビ番組でも笑って気分転換できるし、なにより寂しくない。毎日楽しく気楽に過ごしているのだ。

このマンションは、たいして広くはないけれど2DKでお互いの部屋があり、オートロックで女性にも優しい。

いつものように居心地のいいリビングのクッションに座り、ローテーブルに置いた鍋にすき焼きの具材を入れながら、私は今日の衝撃的な出来事を話した。

緩いウェーブを描くセミロングの髪をひとつに括《くく》った桃花は、器に卵を割ると同時に、自分の目と口もパカッと開く。

「えっ。不破さんって、昔よく麗が話してた調理師の⁉」

「そうなんだよ、本当信じられなくて叫びそうになったよ。まぼろしぃ～！って」

テレビでよく見るタレントさんの真似《まね》を全力でしてみると、桃花は手を叩《たた》いてウケながら、「急にぶっ込まないで」とツッコんだ。

そして、ぐつぐつと煮えてきた鍋をしばし放置し、彼女がスマホを手に取る。

「パーフェクト・マネジメント、だっけ？」と言いながら会社を検索しているようだ。

「へえー。業界内じゃ結構有名みたいだね。起業して四年で、従業員数百五十名にまで成長させたって。買収までするとか、すごすぎ」

なにかの記事を見つけたらしく、桃花にスマホを渡される。受け取って見てみれば、会社のホームページや取引先のレストランの情報が映されていた。

プロバイドフーズと業種は同じだけれど、さらにレストランビジネスについてのノウハウを提供するコンサルティング業務も行っているらしい。

取引先のレストランも、都内が主だったプロバイドフーズに対して、パーフェクト・マネジメントは全国に展開している。わずか四年の間にここまで成長しているのだ。まさに新進気鋭だろう。

感心しながら画面をスクロールしていると、不破さん自身について書かれた記事を見つけたのでタップしてみる。

「〝調理師から一企業のトップへと上りつめた鬼才〟か……」

抜粋して読み上げ、いまだに信じられない気持ちで唸《うな》った。

調理師時代から独特な雰囲気を持つ人だとは思っていたけど、まさかこんなやり手社長になられてしまうとは。人生ってなにが起こるかわからない。

スマホを桃花に返すと、彼女はどこかうっとりした様子で視線を宙にさ迷わせる。

「イケメンなうえに料理できるとか、一家にひとり……ううん、マンツーマンで欲しい人材！」

「桃花は料理できるじゃん」

美味しい手料理を作れる桃花には、専属シェフは必要ないんじゃ？と思い、軽い気持ちで言うと、彼女の可愛い顔が仏頂面に変わってギョッとする。

「そりゃあね、自分で作れますよ。いつも忙しい麗に代わって、ほぼほぼ私が料理を担当してますよ。でもね、たまには自分のためだけに誰かに作ってもらいたくなるわけで」

「ごめんなさい」

若干トゲのある口調で語られている最中、私はすぐさまおでこを床にくっつける勢いで土下座した。

そうだ、いつも桃花に炊事を任せちゃっているから、私が作ってあげる機会ってあまりないんだった。そりゃたまにはラクしたいよね……。

反省しておでこをつけたままでいる私に、桃花は「冗談だって」と言い、ケラケラと笑った。

桃花はこんなことくらいでは怒らないお人よしな子だとわかっている。それに甘えてしまっていたけれど、これからは残業も少なくなりそうだし、私もできる限り料理をしようと誓った。

そうしているうちに、すき焼きはいい感じに仕上がってきている。私が桃花の器に野菜やお肉を取り分け始めると、彼女がなにげなく言う。

「彼、麗のこと覚えてるかな」

「どうだろね。あのときすら、私の名前も覚えてなさそうだったからなぁ」

自分の器にも具材をよそいながら、四年前に記憶を遡らせる。

初対面のときに一度名乗っただけで、不破さんから名前を呼ばれたこともなかった。きっと〝営業部の死にそうな顔した新人〟くらいにしか認識されていなかったことだろう。

四年も経っている今、名前はおろか顔だって忘れられているほうが自然だと思う。

それに……。

「覚えてたとしても、前みたいに気軽に近づけないよ。カリスマ社長！って感じのすごいオーラ出してるんだもん……お高そうなスーツなんか着ちゃってさ」

見慣れないスーツ姿や、以前にも増して頼もしい雰囲気からして、すっかり雲の上の人になってしまったんだな、という印象だった。もう立場が違いすぎて気後れしてしまう。

手元に目線を落として卵を溶いていると、じっと私を見つめる桃花の視線に気づく。

「〝再会できて嬉しいのに、距離を感じて切ない〟って顔してる」

今の心情を言い表され、ドキリとして固まる私に、桃花はクスッと微笑んだ。

「麗、颯ちゃんと別れてから男の人にまったく関心なかったでしょ。でも不破さんの話をしてる麗は……心を揺さぶられてるように見えるっていうか。普段と違う顔をするから、なんか新鮮」

そんなふうに捉えられているとは思わず、私は目をしばたたかせた。

桃花も同じテニスサークルに入っていたから、颯太のことは当時からよく知っている。どんなことも相談してきたし、颯太と別れたときも、それからもずっと私のことを気にかけてくれていた。

そのせいか、彼女は私のささいな変化にもよく気がつく。きっと今も、不破さんのことを考えている私は、どこかいつもと違うふうに映ったのだろう。

確かに、こんなに男の人のことを考えるのは颯太以来のような気はするけれど……。

「それは……予想外の再会をしたから、単に動揺してるだけで」

「どんどん動揺したらいいよ。それがドキドキに変わって、恋のときめきが生まれたりするかもしれないし」

桃花はニンマリしながらなんだか斜め上の回答をし、卵に潜らせた牛肉を頬張った。

そういえば、今日不破さんが話すのを見ていて、よくわからない胸の高鳴りを感じたっけ。もしや、あれがときめき？　いや、恋のそれとはちょっと違うような……。

幸せそうに、もぐもぐと口を動かす桃花を目に映しながら、私はひとり首を傾げる。

ヤバいな私、恋愛がどんなものだったか忘れかけているよ。四年のブランクは大きい……。

でも、あの頃みたいな、恋する感覚をもう一度味わいたいとは思う。そしてそれが、颯太のときよりもっと強いものだったらいいな、とも。そのお相手が不破さんだとは考えにくいけれど。

パワーアップして帰還した新社長と、手が届くところにいたシェフの姿を思い浮かべながら、とりあえず空腹を満たすため、私も味が染みたお肉を口に運んだ。

熱烈に口説かれて

プロバイドフーズ改め、パーフェクト・マネジメントとしてわが社が再始動してから早二週間。私たち平社員はだいぶ働き方が変わった。

残業や仕事量が確実に減ったにもかかわらず、業務が間に合わないこともなく、取引先からクレームが来ることもない。おそらく、仕事とプライベートのメリハリがきっちりついたことで、ひとりひとりの作業効率が上がったのではないか、と先輩社員が分析していた。

部長たちは相変わらず必死な顔をして働いているけれど、これまで怠けていた分だと思えば仕方ないだろう。

とにかく、不破社長になってから社内の雰囲気にも活気が出てきて、皆が彼に感謝しているのだった。

しかし、社長はほとんど私たちの支社には現れない。本社にいるので当然なのだけれど、少々物足りないというか、たまには彼の姿を拝みたいな……と、正直思う。

まあでも、この間桃花と話したように、彼は私のことなんか覚えていないだろうし、会っても気軽に話しかけられないだろうな。

昼休憩中、私は会社近くのコンビニでサンドイッチを手に取り、なんとなく不破社長のことを頭に巡らせていた。

コンビニの袋をぶら下げて社に戻り、エントランスホールのエレベーターのボタンを押した、そのときだ。後方から話し声と挨拶が聞こえてきて、なんとなく振り返った私はドキッとして思わず二度見した。

すれ違う社員が、しっかりと頭を下げて挨拶をしている相手は……不破社長と桐原《きりはら》専務！　なんとタイムリーな！

今考えていたばかりの人が現れ、油断していた心臓が慌ただしく動き始める。

桐原専務は三十歳前後くらいの男性で、主に社長と行動を共にしているようだ。私たちにきちんと自己紹介をしたときに、『社長の世話係みたいなものです』と茶化していたから。

ナチュラルな黒髪ショートと、知的そうなスクエアフレームの眼鏡《めがね》が、クールでありながら優しさも感じる顔立ちにとても似合っている。溝口さんが〝インテリ王子〟と名づけているほどだ。彼と社長が並ぶと、各々が持つオーラに相乗効果が生まれるというか、とにかく圧倒される。

そんなふたりがこちらに向かってくるため、私ははっと我に返ってエレベーターに向き直る。

社長たち、きっと役員室がある五階に行くはずだよね。どうしよう、このままだと一緒にエレベーターに乗ることになってしまう。

いや、別になにも問題はないだろうけど、なんか気まずいし緊張するし……！

心の中であたふたしているうちに、ふたりは背後にやってきてしまい、私は今気づいたフリをして「お疲れさまです」と頭を下げた。

階段にすればよかったな……。普通にしていればいいのに、なぜか目も合わせられないんだもの。どうしたんだ、私。

四年ぶりの接近にドキドキしながら固まっていると、すぐ後ろからふたりの会話が耳に入ってくる。

「〝TSUKIMI《ツキミ》〟の件、会食の準備は万端？」

「ええ。川内《かわうち》社長がお好きな料亭を予約してあります」

それを聞いて、ふとあることを思い出す。TSUKIMIというのは、若者に人気のショッピングビルのことだ。川内社長の名前からして間違いない。

以前、このビル内のテナントに新規レストランを入れるべく、プロバイドフーズが商談に持ち込もうとして失敗した苦い経緯があるため、よく覚えている。会食をするということは、もしや再度挑戦するのだろうか。

「あそこは一度断られてるから、抜かりなく計画しないとな」

不破社長のひとことで確信した私は、今しがたの葛藤が一瞬でどこかへ吹っ飛んでいった。

それより、念のため大事なことを伝えておかないと！

「あの！」

急に振り返って声を上げた私を、ふたりはキョトンとして見下ろす。

改めて向き合うと怯《ひる》んでしまいそうになるのを堪え、軽く頭を下げる。

「突然申し訳ありません。TSUKIMI のお話が聞こえたもので、ひとつお伝えしておきたいことが……」

「なに？」

不破社長はわずかに首を傾げ、短く言葉を発した。

彼の綺麗な瞳と目線を合わせた一瞬、時間が止まったような気がした。四年前の記憶が蘇ってきて、心臓が大きく波打つ。

私に気づいてくれるだろうか――という期待が膨れるも、今はそれどころじゃないと気持ちを落ち着かせ、口を開く。

「以前、私たちが断られたのは、会食時にお渡しした手土産《てみやげ》が本当の原因だというのはご存じでしょうか？」

遠慮がちに問いかけてみた直後、エレベーターが到着してドアが開くと同時に、社長と専務は一度顔を見合わせた。

社員たちが挨拶をしながらエレベーターから出てくる中、桐原専務は真剣な顔をして私に向き直る。そして、「詳しく聞かせてください」と言い、背後から私を中へと促した。

営業部のオフィスがある四階にはすぐに着いてしまう。空になった箱に乗り込む前から、私はせっかちに話しだす。

「川内社長はかなりの愛妻家で、手土産も奥様にあげているそうです。私たちがお渡ししたものはパウンドケーキで、その中にナッツが入っていたのですが、奥様はピーナッツアレルギーだったそうで……」

「それで機嫌を損ねたということですか」

納得したような専務の言葉に、「はい」と頷いた。

専務のこの様子からして、あのとき会食に同席していた営業部長は、やっぱりこのことは話していなかったのだろう。手土産を選んだ自分の責任だと思われるのを恐れたに違いない。どこまでもクズだ。

内心呆《あき》れていると、上昇を始めるエレベーターのドア側に腕組みをして立つ不破社長が、「そりゃ運が悪かったな」と、ふっと鼻で笑う。

「今回の手土産にもナッツが入っていないか確認しておきます。とても助かりました、ありがとうございます」

丁寧に頭を下げる桐原専務に、私は恐縮しながら「いえ」と軽く首を横に振った。お節介かもしれないと懸念したけれど、一応伝えておいてよかった。

ホッとする私に、腕組みをしたままの社長が目線を向ける。

「よくそんな詳しい事情を知っていたな」

「たびたび会食に同行させられていたので、そういう事情は無駄に知っているんです」

若い女性がいたほうが華があっていいだろう、というだけの理由で同席させられた数々の会食を思い返し、私は苦笑いを浮かべた。

おかげで取引先の内部事情や、あまり口外できないような秘密の話まで知ってしまっている。これが今、役立つとはね、と思いながら、エレベーターが四階に着く表示を見上げる。あっという間に時間切れだ。

名残《なご》惜しさと気まずさが交じり合い、複雑な心境のまま、私はドアが開くと同時にふたりに頭を下げる。

「では、失礼しま――」

降りようと足を踏み出した瞬間、目の前を腕が横切ってギョッとする。不破社長の手が開いたドアをトンッと押さえ、その腕に通せんぼされてしまったのだ。

な、なに!?　これじゃ降りられないんですが……。

驚きと困惑で私は肩をすくめ、鼓動を速まらせながら目線を上げる。思いのほか近い距離にいる彼は、真剣な瞳でじっと私を見下ろし、桜色の唇を動かす。

「あんた、名前は？」

――その問いかけで、彼は私のことを忘れているのだと確信した。

先ほど膨れた期待が、しゅんと萎《しぼ》んでいく。予想していたことだとしても、私は彼の記憶にも残らない程度の存在だったのだと実感させられると、やっぱり切ない。

私は、こんなに覚えているのに。

でも、それを表面に出してもどうにもならない。ショックを受けた心をひた隠しにし、きりりとした表情を作って息を吸い込む。

「営業部の有咲です」

しっかりと答えると、不破社長は私を見つめたまま小さくなにか頷き、ふわりと微笑んだ。

その美しい笑みに見とれてしまいそうになった次の瞬間、彼は突拍子もないひとことを放つ。

「有咲、俺にさらわれてみないか？」

……エレベーターだけじゃなく、私の思考さえもが停止した。

ええと、今のはどう解釈したらいいんですかね。

「……はい？」

「あんたを奪って、俺のものにしたくなった」

ぽかんとして間抜けな声を出す私に向けて、社長は不敵さを滲ませた表情で、あっけらかんと宣言した。

ま、ますます意味がわからない……。奪うって、なにから？　私は誰のものでもないんですが……。

というか今のは、なにげに独占欲を露《あら》わにしたセリフ。心臓がちょっとおかしな動きを始めてしまっている。

内心どぎまぎしながら硬直していると、斜め後ろのほうから、桐原専務の小さなため息と独り言がボソッと聞こえてくる。

「またすぐに口説く社長の悪いクセが……」

「なにか言ったか」

社長が通せんぼうしたままの格好でピクリと反応を示すと、専務は眼鏡のブリッジを押し上げて言い直す。

「いえ。エレベーターを停めていたら迷惑ですよ、と」

「俺が口説くときは、本当にそいつが欲しいときだけだ。女グセが悪い男みたいに言わないでくれるか？」

「聞こえてるじゃありませんか……」

無愛想な社長の声に、専務は口の端を引きつらせて脱力した。

一方の私は、心拍数が急上昇してしまっている。だって社長は今、私を口説いていて、そうするのは本当に欲しいときだけらしいんだもの。

いやでも、私のことを覚えていない彼にとったら今が初対面。それで私を欲しがる理由がまったくわからない。

困惑しまくっている私をよそに、不破社長はドアから手を離し、それは静かに閉まってしまった。

ああっ。私、降りたかったのに！と物申したくても、すでにエレベーターは上昇を始めているため、諦めるしかない。

五階に向かうわずかな間に、社長は胸元から取り出した名刺らしきものに、なにやらペンを走らせている。

「今夜、仕事が終わったらここに来てくれ。場所は六本木《ろっぽんぎ》」

そう言い、手渡されたものはやはり名刺で、裏になにかの店らしき名前と簡単な住所が書かれていた。

ここで待ち合わせするってこと？　不破社長様と？　いきなりハードル高っ！

受け取ったまま固まっていると、彼が小首を傾げて顔を覗き込んでくる。

「いいか？」

「は、はい……！」

思わず承諾してしまった。たとえ予定があったとしても断る勇気はないのだけど。

私の返事を聞き、満足げな笑みを浮かべた社長は、再び開いたドアに向かって足を踏み出す。そして降りる直前、四階のボタンをトンッと押してこちらを振り返った。

「待ってる」

たったそれだけのひとことにさえ、ドキッと反応してしまう私の心臓は、いったいどうしたのだろうか。

呆然と彼を見送る私に、桐原専務が苦笑を漏らして声をかける。

「すみません。社長はこうと決めたら、やらなければ気が済まない人なので」

彼は呆れと申し訳なさが交ざったような調子で言い、軽く頭を下げて社長のあとを追っていく。

ふたりの後ろ姿が閉まるドアで遮断され、今度は下降を始める箱の中、私は信じられない思いで名刺を見下ろす。

なに、この展開。お近づきになれることなんて絶対にないと思っていたのに、まさかこんなことになるとは……！

危うく、また四階で降りるのを忘れてしまいそうになるほど、私は今夜のことで頭がいっぱいになっていた。

定時の六時に仕事を終え、軽くメイクを直してから最寄りの東京駅に向かった。

不破社長に指定された店を先ほどネットで調べたところ、地下にある高級そうなバーであることが判明した。こんなところに行き慣れていない私は、緊張と不安でいっぱいになっている。

服装はというと、普段からフェミニンカジュアルを好む私は、今日もリブニットにラップスカートを合わせたスタイルで、あまりにも場違いな格好ではないから大丈夫だろう。

六本木駅で降り、交差点を渡ると、夜空にそびえるミッドタウンの明かりを眺めるより、目的のバーを探す。

なんとか迷わずにたどり着いたバー〝B.friend《ビー・フレンド》〟は、たくさんのショップやレストランで賑わう中、そこだけが入口から落ち着いた雰囲気を漂わせていた。

ドアを開けると、地下へと繋がるムーディーな階段がある。そこを下り、さらに黒いドアを開けば、隠れ家のようなバーが現れた。

オレンジの明かりが優しく灯る薄暗い店内には、クラシックなL型のカウンターがあり、その向こうでオーナーらしき男性がシェーカーを振っている。

大人の空間って感じ……と、感嘆のため息を漏らして店内を見回せば、不破社長らしき男性が奥のほうのカウンター席に座っているのがわかった。

彼を見つけてホッとしたのもつかの間、左隣に髪の長いスレンダーな女性が座っていることに気づき、歩み寄ろうとした足を止める。

あ、あれ？　今夜誘われたのって、私だけじゃなかった？

戸惑い、立ちつくしていると、私の気配に気づいたのか女性が振り返った。それにつられて社長もこちらを向く。

ドキリとして反射的に会釈《えしゃく》すると、女性はおもむろに腰を上げながら彼に声をかける。

「待ち人がいらっしゃったみたいですね。またいつか会えたら聞かせてください。実力で立派な地位を築き上げたお話」

「そんなつまらない話でよければ、いくらでも」

茶化すような社長に、女性はふふっと品よく笑い、席を立つ。私とすれ違う瞬間にもその微笑みを浮かべ、会釈をして店を出ていった。

ぽかんとする私に社長が手招きする。とりあえず、今しがたの女性と入れ替わる形で椅子に座った。

「社長、あの方は……？」

「さあ？　さっき会ったばっかりだよ」

予想外の返答に目を点にすると、彼は琥珀《こはく》色《いろ》の液体が入ったグラスを手に取って、口角を上げる。

「ここでは知らない人同士でも席が隣になれば話すし、初対面の相手におごってあげたりもする。それが面白いんだよ。いろいろな情報収集もできるし」

「そうなんですね」

なるほど、ここは社長の行きつけなのか。やっぱりバーって大人で独特の空間なんだな。

感心して頷く私に、お酒をたしなむ姿もとっても絵になる彼が問いかける。

「有咲は、酒は飲める？」

「はい、人並みに」

答えると、すぐにカクテルと料理を頼んでくれた。この店では本格ビストロも楽しめるらしい。元料理人の彼がオススメするのだから、味は間違いないだろう。

その料理を楽しみに待っている間に、赤みがかった鮮やかなオレンジ色のスプモーニが出された。小さく乾杯すると、ついに社長が「じゃあ、本題」と切り出す。

「今日あんたを誘ったのは、引き続き口説くためだ。……ずっと欲しかったんだよ」

熱い眼差しを向け、どこか色気のある滑らかな声で求めているような言葉をかけられて、再び鼓動が速くなる。

『ずっと欲しかった』って、まさか、私のことを覚えているの――？

萎んだ期待が復活し始め、息を呑《の》んで視線を合わせた直後、彼が続きの言葉を口にする。

「これからいろんなシーンで力になってくれそうな、あんたみたいな人材を」

「……じ、人材？」

思っていたものとは違うセリフが聞こえ、肩透かしを食らった私は、間抜けな声で繰り返した。

もしかして、この人が言っているのはビジネスの話？とピンときたと同時に、彼は不敵な笑みを浮かべて言い放つ。

「有咲、俺の秘書になってほしい」

「秘書⁉」

想像もしなかった頼みに、裏返った声を店内に響かせてしまった。

ちょっと待ってくださいよ……いきなりそんな花形の仕事を任される自信は、ないですって！

唖然《あぜん》としていると、社長はなぜ私を選んだのかを話し始める。

「得意先の事情を詳しく知っているだけじゃなく、重要なことを瞬時に、的確に思い出せる能力を埋もれさせておくのはもったいない。会食にも慣れているようだし、どうせ営業以外にも雑用をやらされてきたんだろうから、その経験は必ず役立つ」

確かに、これまで営業に留まらず、事務仕事、クレーム対応にその他雑用、いろいろなことをやらされてきた。けれども、さすがにボスの側近になった経験はないのだ。簡単には頷けない。

「ですが、今までやっていた仕事が秘書業務とは違いすぎるので、私に務まるかどうか……」

「ブラックな会社に命令された無理難題を全部こなして、我慢して働いてきたんだろ？　それができて、秘書ができないわけがない。自分では気づいていないかもしれないが、それだけの力があるんだよ、有咲には」

凛《りん》とした声で語りかけられたその言葉は、なぜだかすうっと心の奥に届く。

……本当に不思議だな、この不破雪成という人は。四年も会っていなくて、当時のことを覚えてすらいないだろうに、まるで私の仕事ぶりをずっと見ていたかのように自信を与えてくれる。しかも、『それだけの力があるんだよ』という、たったひとことで。

お世辞だとか、口先だけだとはなぜか思わない彼の言葉に、気持ちのぐらつきが治まってくるのを感じていると、きりりとした瞳にしっかりと視線が絡められる。

「少しでもやってみたい気があるなら、迷わず飛び込んでこい。俺が受け止めてやる」

——トドメのひとことで、私はあっさりと口説き落とされた。

ドキン、ドキンと、鼓動の音が大きくなる。不安よりもワクワクした気持ちが上回る。この人ならきっと私の未来をよりよくしてくれるって、信じてみたい。

「……これまで、どれだけ頑張っても仕事で評価されたことはありませんでしたし、私自身が必要とされていると感じたのは初めてです。こんなに嬉しいものなんですね」

手元のカクテルグラスに一度視線を落とし、口元を緩めた。決意を固め、明るい表情で顔を上げる。

「挑戦、してみたいです」

力強く宣言すると、社長の綺麗な顔にも満足げな笑みが広がった。

その直後、彼はなにかを思い出したように目線を宙に泳がせる。

「桐原は、俺の世話をするのが三日で嫌になったって言ってたっけ。聞いたところ有咲は四年あそこに勤めてたみたいだし、忍耐力ありそうだから大丈夫だよな？」

「えっ」

やると決めたそばから、少々引っかかる確認をされ、ギョッとする。

あの桐原さんが三日で嫌になるって、いったいなにがあったんですか……。という か『忍耐力ありそう』って、私、どれだけ逞しく見えるんですか……。

「まあ、俺はあんた以外をそばに置くつもりはないんだけど。いい女だし」

一瞬心配になったものの、彼が口の端を上げてさらりと放った糖度高めのセリフによって、不安の芽はすぐに摘み取られた。

ドキリとして彼を凝視するも、ちょうどカウンターの向こうから、頼んでいたビーフストロガノフが出され、話が中断する。

今のは冗談なのか、本気なのか……曖昧になってしまった。

四年前の不破さんは、『あんた、いい女になるよ』と言った。今、本当に彼の目にそう映っているのだとしたら、私もちょっとは成長できたのかも。

緩んでしまう唇を結んで、皿に手を伸ばそうとしたとき、社長がこちらに右手を差し出してくる。

「これからよろしく。有咲麗さん」

握手を求めるその姿も四年前と重なり、胸がきゅっと締めつけられる感覚がした。

「よろしくお願いします」と軽く頭を下げつつ、遠慮がちに手を重ねれば、あのときと変わらない温度を確かめられる。

少々無骨で、職人らしさが残るぬくもりに触れられて、私はなぜだかとても嬉しくなった。

第二条（特別報酬の支払）

不破社長に口説かれ……いや、異動の誘いを受けた翌週、私はさっそく秘書として本社に出社することになった。

溝口さんと離れるのはかなり寂しいけれど、事情を話すと、彼女は『大抜擢《だいばってき》じゃない！　頑張ってよ～』と応援してくれた。

それは桃花も同じで、『麗が社長秘書だよ、社長秘書！』と肩書きをわざとらしく口にしては、その響きに興奮している。

私も、これまでと違った自分になったみたいで、身が引きしまる思いだ。初出勤の今日はレディーススーツに袖を通し、長い髪もスッキリとアップにして、気合充分でマンションを出た。

パーフェクト・マネジメント本社は、新宿にある二十五階建ての複合オフィスビルの中にある。たどり着いたその高層ビルは、これまで働いていたビルとはまったく違って圧倒されてしまう。

緊張しつつ、広大で綺麗なエントランスホールに入ると、壁一面に設けられた窓のそばで桐原専務が待っていた。見知ったその姿を見てホッとし、品のいい笑みを見せる彼に駆け寄る。

「桐原専務、おはようございます！」

「おはようございます、有咲さん。オフィスにご案内いたしますね」

専務はとてもスマートな対応で、エレベーターのほうへと私を促した。

パーフェクト・マネジメントのオフィスは、十四階のワンフロアを借りきっているらしい。そこに向かうまでの間、二十人ほどが乗っているエレベーターの中で、専務は声を潜めて話しだす。

「あなたが秘書を引き受けてくださって、本当にありがたいです。これまで私がやっていたことを任せられるので。社長のお世話は大変ですが、頑張ってくださいね」

純粋に応援してくれているのだろうけれど、不破社長に対しての嫌味みたいなものが心なしか含まれているような気がして、私は苦笑を浮かべる。

社長とバーで飲んだあと、私たちを車で送ってくれたのは、この桐原専務だった。そのとき彼は『私を足に使わないでくださいよ』と不満げにぼやいていたし、車中での会話を聞いていても、社長に対しては歯に衣着せぬ物言いをするのだ。

それは信頼し合っているからこそなのかもしれないが、社長に手を焼いていることには変わりないんじゃないかと思う。現に、世話係はすぐに辞めたくなったらしいし。

「……三日で嫌になるほど大変なんですか？」

「ああ、聞きましたか」

クスッと笑いをこぼした専務は、階数の表示に目線を上げ、ひとつ頷く。

「そうですね、不破社長の秘書は花形とは言い難いです。黒子か家政婦だと思ったほうがいいかもしれません。破天荒な方ですから」

「黒子か家政婦……」

身の回りの世話や雑用をひたすら任されるってことだろうか。それが仕事だというなら構わないけれど、ものすごいワガママだったりワンマンだったりしたらどうしよう。ブラック企業と変わらない気がするよ。

いろいろと想像して微妙な顔をする私に、専務はこう続ける。

「ですが、彼から学べることは多いと思います。不思議と、ついていきたくなるんですよ。行動を共にしていれば、そのうち有咲さんもわかります」

前向きな言葉をかけられて彼を振り仰ぐと、私を一瞥《いちべつ》する眼鏡の奥の瞳は柔らかく細められていた。

やっぱり、専務もなんだかんだ言って不破社長を認めているのだろう。そうでなければ、とっくに彼のそばから離れているはず。

私も、やると決めたからにはへこたれないわよ。この四年間で鍛えた忍耐力、発揮してやろうじゃないの。

それに、社長は何度も私を救ってくれた。本人は覚えていなくても、ささやかな恩返しのつもりで彼を支えていきたい。

エレベーターのドアが開き、光が差し込んでくる。なにかが始まるような予感がするその場所へ、私は決意を新たに、一歩を踏み出した。

十四階のフロアはとても広々としていて、六十人ほどが働いていてもまったく窮屈に感じない。開放感のある窓の外には、高い建物に囲まれていた元・プロバイドフーズのビルからは見えなかった景色が広がっている。

高層ビル内で働くというだけで、自分がキャリアウーマンになったかのような気がしてしまうのは、根っこの部分が田舎者《いなかもの》のせいだろうか。

心を弾ませていた私は、専務に案内された社長室を見て驚いた。一面ガラス張りで、中の様子が丸見えなのだ。

これもプロバイドフーズでは考えられない。社員とは隔離された場所に壁で隔てた一室があり、中でなにをしているかわからないその部屋が社長室だったから。

こんなにオープンなら、やましいことはできないんだろうな……と妙な視点で見てしまっている間にも、専務は「失礼します」と声をかけてガラスのドアを開けた。

入って正面のデスクに座っている不破社長は、ノートパソコンを開いて作業をしており、デスクの向かい側にふたりの男女が立っている。こちらに背を向けているふたりは、私たちに気づいているのかいないのか、社長と向き合ったまま。

後ろ姿からも可愛さを感じる女性が、熱心に話し続ける。

「あのレストランは、適任だと認められる責任者が定まりません。なんとかなりませんかね、ボスのお力で」

「そうだな……どっかから引き抜いてくるか。現状に満足していなかったり、伸びしろがあるのに無駄にされていたり。そういうやつはまだまだ埋もれているからな」

軽やかにキーボードを打ちながら淡々と答えた社長は、その手を止めてこちらに顔を向ける。専務の隣で皆さんのやり取りを静観していた私と視線がぶつかり、軽く心臓が跳ねた。

彼は今日も不敵な美しさを醸し出す笑みを浮かべ、おもむろに腰を上げる。

「後者の人間のお出ましだぞ。ようこそ、アリサ」

「っ、ア、アリサ？」

まず挨拶をするつもりだったのに、別人の名前を言われて、思わず繰り返してしまった。

誰ですかそれは。私はアリサキですよ……と、心の中でツッコんで気づいた。おそらくこの名字を略しているのだろう、と。

「なぜ〝き〟を省略するんですか……」

「社長なりに距離を縮めようとしているんです。他の社員に対してもフランクですよ」

ボソッと漏らした私の呟きに対し、専務がさりげなく身体を屈《かが》めてこっそり耳打ちした。

まあ確かに、壁を取っぱらえる感じがするし、いい意味で気楽に接することができるかも。それにしても、アリサと呼ばれたのは初めてだわ。

独特なネーミングに戸惑いつつも一応納得していると、ふたりの社員も私に注目していることに気づく。

男性は、短い黒髪と無愛想な強面《こわもて》が、硬派そうなイメージ。女性はふわふわとした長い髪に、素朴で愛らしい顔立ちをしている。

私と同じか年下にも見える彼女は、キラキラと目を輝かせて私に声をかける。

「あなたがアリサね！　いらっしゃーい」

「は、はじめまして。本日から秘書を務めます、有咲です。よろしくお願いします」

テンションの高さに面食らうも、今度はしっかりと挨拶をした。なんとなく、有咲の〝き〟を強調して。

とっても愛想のいい彼女は、アイドルのようなしゃべり方で挨拶を返す。

「よろしく～。私、橘《たちばな》瑛美《えいみ》っていいます。エイミーって呼んでね！」

パチンと音がするくらいのウィンクをされ、私は目をしばたたかせた。

エイミー……。ひいき目で見ても、純日本人っていう顔をしているけれど、エイミー……。

微妙な笑顔を見せてとりあえず承諾すると、再び専務が説明する。

「〝お友達職場〟にならないようにルールを守れば、役職も関係なくあだ名で呼び合っていいことになっています。コミュニケーションを活発にするために」

「なるほど」

欧米のように気軽に呼び合っているのか。さっき、社長もボスって呼ばれていたもんね。常識に囚われないそのスタイルは、不破社長らしい気がする。

すると、エイミーは立てた人差し指の先を顎に当て、こんなことを言う。

「ボスがアリサアリサ言ってるから、私とキャラ被ったら困るわーと思ってたの。でも、イメージと違ってクールビューティーだった！　アイドルっていうより、美人女優って感じ！」

　ツッコミどころが満載な彼女の言葉には笑うしかない。とにかく明るい子だなぁと感心する私に、社長が詳しく教えてくれる。

「エイミーはこの通りうるさいけど、人事部の中じゃ特に優秀なんだ。社内研修で接客マナーを教えたりもしてるんだよ。うるさいけど」

「〝うるさい〟言いすぎです！」

　即刻キャンキャンと噛みつく小型犬のようなエイミーに構わず、社長は次に、木のごとく黙ってじっと立っている男性のほうを紹介する。

「で、ひとっこともしゃべってないこいつが、経理部長の上杉《うえすぎ》武蔵《むさし》。名前通り武士みたいなやつだから、皆そのまま武蔵って呼んでる」

「気心知れた相手以外には本当に無口なんだけど、お金の管理は完璧にこなす、数字の鬼なんだよ。人事部もかなり頼りにしてるから、今もついてきてもらってたの」

　エイミーの補足にも、私はふむふむと頷く。武将チックなフルネームを聞いてちょっと笑いが込み上げてしまったけど、きっととても頭のいい人なんだろう。

私は、長身の不破社長よりもさらに背の高い彼に向き直り、笑顔で挨拶する。

「よろしくお願いします、武蔵さん」

ピクリと反応した彼は、無言で頭を下げた。本当にしゃべらない彼に、社長が見兼ねた様子で促す。

「武蔵、俺が教えただろ？　初対面の相手の心を掴む自己紹介」

そう言われ、武蔵さんは少々ためらいながらも、ようやく口を開く。

「……上杉武蔵、三十五歳。好きな言葉は〝無言清掃〟。よろしくお願いします」

初めて発したテノールの声で自己紹介され、私はエイミーと一緒に吹き出した。

これ、完璧にネタでしょう。ていうか、社長より年上なの⁉　いろいろおかしすぎて、笑わないほうが無理だ。

社長は「ほら、ウケた」と得意げになっているし、エイミーは無愛想なままの武蔵さんの背中を叩いて爆笑しているし、なんなんだ、もう。

「キャラ濃すぎじゃないですか？　ここの人たち……」

「毎日楽しいですよ」

笑いすぎて乱れた呼吸を整えて本音をこぼす私に、唯一マトモな専務がにこりと微笑みかけた。

それから社長室を出て、本社勤務の皆さんの前で、きちんと挨拶をした。

最初に会ったふたりのインパクトが強すぎて、私は馴染めるのか若干心配になったものの、他の方々は至って普通で、快く迎え入れてくれたと思う。

エイミーも武蔵さんも仕事を始めれば真剣な姿勢になっていたし、オンオフがきちんと切り替えられているのだとわかった。

肝心の秘書業務は、社長のデスクの前方にある応接スペースに座り、向かい合う社長に今教えてもらっているところだ。これまで秘書という明確な存在はおらず、桐原専務が社長に命じられたことを遂行している状態だったので、これからはきっちりと私に役目を分けるらしい。

「まず、このファイルに取引先と受託施設が全部載ってるから、その会社の情報を頭に入れておいて。プロバイドフーズ時代にアリサが関わった会社の情報も整理して、俺が聞いたときにすぐ答えられるようにしておいてほしい」

渡されたファイルは結構な厚みがあり、この膨大な情報を記憶するのかと一瞬怯んだが、もちろん弱音を吐くつもりはない。

これまでに会食などで自分が見聞きしたことも絡めて、完璧に覚えてやろうと意を決し、「わかりました」と答えた。

社長はさらに説明を続ける。

「昼食は、俺たちが請け負ってるレストランを日替わりで回って食事をいただいてるから、アリサにも同行してもらいたい。味の確認はもちろん、従業員の働く様子も観察する、抜き打ちテストみたいなもんだな」

毎日どこかしらの施設を実際に訪れているんだ。その姿勢に感心して、つい本音が口をついて出る。

「社長自ら視察されるんですね。すごい」

「どっかの給料泥棒とは違うんでね」

さらりと毒を吐く彼に、私は苦笑いを浮かべた。今の、プロバイドフーズの前社長のことでしょう、絶対……。

確かにあのおじ様とは全然違うわ、と認めて頷いていると、彼は優雅に長い足を組んで、ざっくりと話をまとめる。

「あとはスケジュール調整や顧客対応、出張時のチケットの手配とかが主な仕事だけど、今日は初日だし、やれる範囲でいいよ」

「はい。できる限り早く慣れるように努力します」

背筋を伸ばしてしっかりと答える私を、彼はその双眼に捉え、ふっと微笑む。
「期待してる」と返されたひとことで、ますますやる気が引き出される気がした。

そうして、気合充分で不破社長の秘書として働き始めた私は……一週間後には正直ヘトヘトになっていた。

エイミーにも、『アリサ、顔が若干ゾンビみたいになってるよ』と、ひどい言われようで美容ドリンクを渡されたくらいだ。

まず、取引先の情報を頭に入れ、秘書としてのビジネスマナーを習得することから始めた。それと同時に、今後社長が働きやすいスケジューリングを行うために、彼の一日の予定や行動パターンを把握するよう努めている。

事務作業はこれまでにもやっていたからなんとかこなせるが、秘書の大事な心得だという〝先回りして動く〟ことを身につけるのが非常に難しい。

こうして慣れない業務に四苦八苦している私に、社長は容赦なく仕事を任せてくる。残業はほぼなく、休憩時間もきっちり一時間取れるのだが、時間内でそれをこなすのに必死なのだ。

そうこうしているうちに、あっという間に一日が終わっていく。桐原専務が大変だと言っていたのは、社長がスパルタだという意味なのかもしれない。

初日も『やれる範囲でいいよ』と言っていたにもかかわらず、次から次へと用事を頼まれたし……。その日の終わりに『余裕だった？』と微笑まれ、軽く張り倒したくなったわよ。

ただ、プロバイドフーズのときのように、めちゃくちゃに押しつけられるわけでは

ない。私がギリギリ就業時間内で終わるくらいの量を、あえて与えられているような

感じ。きっと、これが社長なりの私の育て方なのだろう。

彼の前ではへこたれた姿は見せないように努力している代わりに、ひとりのときは

少々気が抜けてしまう。

「はあ～、疲れた～……」

今日も、社長のデスクの右側、応接スペースが左前のほうに見える位置に設けられ

た私のデスクで、なんとか会議の資料を作り終えたところで突っ伏した。

その直後、ガチャリとドアが開く音がしたので、瞬時に姿勢を正す。

「アリサ。明日、〝紫雲《しうん》〟に行くの何時だっけ？」

現れた社長が腕時計を見ながら問いかけた。

紫雲はプロバイドフーズで請け負っていた和食屋なので、自信を持って答えられる。

私はさも涼しげに仕事をこなしていたふうに、きりりとして口を開く。

「十時に訪問する予定です。が、オーナーがとてもせっかちな方なので、遅くとも十五分前には着いていたほうがよろしいかと」

「了解。あ、あと来週、経営会議があるから……」

「会議室は押さえてありますし、お茶も手配済みです。資料もご確認ください」

腰を上げて社長に近づき、たった今作った資料を差し出せば、彼は呆気に取られたらしく目をぱちくりさせる。そして資料を受け取るより早く、私の頭にぽんっと手を置いた。

「すげぇな。完璧」

驚きの中に嬉しさが滲む表情で、頭をぐりぐりと撫《な》でられ、胸がきゅうっと鳴いた。

……頭をなでなでされたのはいつぶりだろう。胸キュンしたのだってかなり久々だと思う。褒められたことも単純に嬉しい。

トップの髪が少々乱れたのも気にせず、ぽうっとしてしまっていた私は、持っていた資料を取られたことで我に返った。

「経営会議のあと、〝ハースキッチン〟の佐藤《さとう》社長と会いたいから、アポ取っておいてくれる？」

社長は真剣な顔に戻って資料をめくりながら言い、私も表情を引きしめて答える。

「承知しました。二時から会議なので、余裕を持って四時頃でよろしいですか？」

「いや、三時でいい。会議は三十分で終わらせる」

「三十分、ですか」

彼の意外な言葉に、私は目を丸くして再確認してしまった。

これまで、会議が三十分で終わったことがあっただろうか。結構頻繁に会議があり、部長たちが何時間も部署に戻らないことはザラだった。

驚く私に、社長はつまらないことを話すような調子で説明する。

「だらだら会議やったってなんの意味もないだろ。資料は参加者に事前に送って目を通してもらって、重要な部分だけ話し合うようにすれば短縮できる。無駄は省略」

なるほど……。専務が言っていた通り、社長の考えややり方は、独特だけど的を射ていて勉強になるな。

私は尊敬の眼差しを向けながら言う。

「では、これからメールで送れる資料は、会議前に皆で共有できるようにします」

「よろしく。ああ、それと、アリサの助言のおかげもあって、TSUKIMI の契約が取れそうだよ」

「本当ですか⁉　会食、うまくいったんですね。よかった」

社長の報告を受けて、笑顔で胸を撫で下ろした。でも、契約が取れそうなのは社長たちの手腕のおかげだ。私はたいしたことはなにもしていない。

心の中で謙遜していると、社長は資料を置いた自分のデスクに浅く腰かけて腕を組み、なぜか私をじっと見つめてくる。

「アリサは本当にデキる子だから、そろそろ特別報酬の話をしようか」

「特別報酬？」

「俺の頼みを聞いてくれたら、その分、給料に反映させてあげるってこと」

唐突にされたその話に、私はキョトンとして社長と視線を合わせる。なんとなく彼の含みのある表情が気になるも、とりあえず「ご用件は？」と内容を聞いてみた。

前髪がかかっている、真剣さを感じる瞳にどことなく妖《あや》しげな色が交ざり、口角がわずかに上がる。

「今夜、一緒に来てほしい。俺の部屋に」

――はっ⁉

彼に投げかけられたのは耳を疑うような言葉で、私は目と口をパカッと開いて、唖然とする。

〝今夜〟〝俺の部屋〟で……いったいなにをするっていうんですか⁉

秘書はれっきとした仕事だとわかっていたから引き受けたけれど、そんな怪しすぎる頼みは聞けるわけがない。

「嫌です！」

「なんで？」

きっぱり断ると、社長は私がこの反応をすることをわかっていたのか、間髪を容れずに問いかけてきた。軽く怯んでしまい、しどろもどろになりつつ言う。

「なんで、って……だって、社長のご自宅に行くんですよね？　その、ふ、ふたりで」

「ああ。ここじゃできないような〝コト〟をするつもりだからな」

社長はガラス張りの室内をぐるりと見回し、最後に私に流し目を向けて意味深な回答をした。その視線も声も、やけに艶《なま》めかしく感じ、余計に危ない妄想を掻《か》き立てられてしまう。

皆に見られるこの場所ではできないことを、彼の自宅に行ってふたりきりで……って、いかがわしい特別報酬に思えて仕方ない！

「ますます嫌です！」

「つれないねぇ」

小刻みに首を横に振って、正直にもう一度言いきると、社長は余裕のある笑みをこぼした。

そして、片手をポケットに入れてこちらに近づいてくる。身を固くして目を見張る私に、もう片方の手を伸ばし、人差し指でツンと額をつついた。

反射的に瞑《つむ》った目を開ければ、思いのほか近くに、いたずらっぽい表情さえも綺麗な顔がある。

「心配しなくても、あんたが妄想してるようなイケナイことはしないよ」

「もっ……妄想なんて、してませんが」

あからさまに動揺している私の発言は、嘘だとわかったのだろう。彼はおかしそうにクスッと笑った。

もしや私の反応を面白がって、わざと怪しいことを言った？　この人の考え、本当に読めない……！

やられた、という気分で脱力していると、業務内容を告げるような調子の声がかけられる。

「いろいろと頼みたいことがあるんだ。引き受けるかどうか、帰る頃までに決めておいて」

社長はそう言い、自分のデスクに戻ってどこかに電話をかけ始めた。

いったい、どこからどこまでが本気なんだろう……。承諾したら、本当に彼の住処《すみか》に連れていかれることになるのだろうか。

私も自分の仕事を再開するも、どうしようと悩み続け、いつの間にか速くなっていた鼓動はしばらく乱れたままだった。

風変わりな彼のテリトリー

悩み続けたまま迎えた、終業時間の十五分前。私はようやく決心し、スマホを手にして桃花にメッセージを打っていた。

「今夜は遅くなりそう……っと」

特別報酬がそこまで欲しいわけではないし、断ったとしても、不破社長はペナルティを設けたりするようなブラックな人ではないだろう。それなのにここまで悩むということは、社長宅に行ってみたいという好奇心を、無意識に抱いている証拠だと思ったのだ。

社長がどんな私生活を送っているのか、頼み事はなんなのか興味がある。その知りたい欲に忠実になってみよう。

特別報酬のこともかいつまんで記し、桃花に送信してしばらくすると、外に出ていた社長が戻ってきた。席を立った私はデスクチェアに座る彼に向き合い、背筋を伸ばして口を開く。

「社長。先ほどの特別報酬の件、お受けします」

彼は私を見上げ、どこか安堵したようにも見える笑みを浮かべた。

「助かるよ。俺ももう終わるから、待ってて。一緒に帰ろう」

最後のなにげないひとことに、またちょっぴりキュンとする私は、どれだけ女として干からびているのだろうか。

まあ、この四年間で、男の人とふたりで帰ることすらなかったから仕方ない……と思っておこう。

ぺこりと一礼して自分のデスクに戻り、六時を過ぎたので書類を片づけ始める。帰る準備をしているうちに桃花から返信があり、置きっぱなしにしていたスマホの画面に、興奮気味の文面が映し出される。

【社長の家でする仕事って、なに!?　いかがわしい妄想しかできないんだけど！】

ああ、ここに仲間がいた。

私と同じことを考えているらしい桃花につい笑ってしまいそうになり、唇を結んで続きを読む。

【でも、恋愛ご無沙汰の麗にはそういう刺激も必要かもよ。今夜は帰ってこなくてもいいからね】

「はあ？」

語尾にハートマークがついた文を見て思わず声を漏らしてしまい、口を片手で覆う。社長のほうに視線を向けてみたが、ちょうど帰り支度を整えていて、気づいていないみたいだ。

桃花さん、冗談だとわかっていても、妙な緊張感が増しちゃうからやめてよね……。

というか、彼にそんな気はないんだってば。

そもそも、社長には彼女はいないんだろうか。ちょっと変わったところもあるけど完璧にイケメンだし、仕事もデキるし、モテないわけがないからな……。

スマホに目を落として考えていたとき、ぽんっと肩を叩かれ、驚きで肩が跳ねた。

「お待たせ。行くぞ」

私を見下ろし、ひと声かけて微笑む彼にもドキリとしてしまう。

これからデートですかね?と錯覚しそうになる頭を軽く横に振り、急いでバッグを持って、社長室を颯爽とあとにする彼に続いた。

社長が暮らすマンションは本社から徒歩十分だと聞き、まずその近さに驚いた。

たどり着いた十二階建てのそこはグレーのシックな外観で、オフィス街の中にひっそりと佇《たたず》む隠れ家のよう。エントランスの中に入れば、都会の喧騒《けんそう》を忘れるくらいの落ち着きがあり、内装もとてもオシャレなデザイナーズマンションだということがわかった。

「綺麗なマンションですね……！」

「とりあえず会社から近いとこにしたくて、半年くらい前に引っ越してきた。まだ段ボールに入れっぱなしのものがあるから、それを片づけてもらいたいんだ。あと、掃除も」

社長はオートロックを解除してエレベーターホールへと進みながら、ようやく今日の目的を明かした。確かにオフィスではできないことだけれど、もっと重要なことかとなんとなく予想していたから、肩透かしを食らった気分。

「それが特別報酬の内容ですか」

「そう」

「片づけはともかく、掃除は家事代行サービスでも頼めばいいのでは……」

もっともなことを言ったつもりだったが、彼はエレベーターに乗り込みながら浮かない表情でこう答える。

「頼んでたんだよ、ちょっと前まで。おばちゃんだったんだけどさ、どうも俺のいない間にクローゼットや棚の中を物色してる形跡があって」

「ええっ、まさか窃盗⁉」

「いや、盗まれたものはなかったんだ。そういう目的じゃなくて、たぶん俺の私物を見たり、匂い嗅いだりして楽しんでたんじゃねーかな」

「ひぃぃ」

思いもしなかった事情が明かされ、私は口に手を当てて引き気味に叫んだ。そんなことをするおばちゃんがいたとは、ゾッとする。

エレベーターが上昇していく中、社長は口元に歪《ゆが》んだ笑みを浮かべる。

「気持ち悪いだろ。それで、まったくの他人に任せるのは嫌になったってわけ。桐原には速攻で断られたし、アリサなら信頼できるからいいかなと」

「そういうことでしたか……」

私はいろいろと納得して、ゆっくり頷いた。若くてイケメンな社長ゆえの悩みもあるらしい。

少々気の毒な気分を抱え、十階でエレベーターを降りた。角部屋の前に到着すると彼は鍵を開けながら言う。

「頼みたいことはまだ他にもあるんだが……とりあえず、どうぞ」

他になにが？と気になるも、開けられたドアの向こうに広がる空間に意識を持っていかれる。

まず正面に見えたのは、白い壁に黒のインテリアで統一されたセンスのいいリビングダイニング。そこに向かって廊下を進むと、右手にはキッチンがある。きちんと整頓されており、調理台もピカピカで、ここの掃除は必要ないことがすぐにわかった。

「綺麗なキッチン！」

「このキッチンも決め手だったんだ。最初から結構、設備が整ってたし、なにげに動線がいい」

私のあとからついてきた社長の言葉に、思わず笑ってしまう。〝動線〟っていう言い方が独特で。きっと厨房で働いていたときに使っていたんだろう。

なにより、今も料理が好きなのであろうことがわかって嬉しい。調理に直接関わっている姿を見ていなくて、少し寂しく感じていたから。このキッチンの中に立つ彼を想像すると、やっぱり似合うなと思うし、なんだか心が温かくなる。

「……不破さんらしい」

四年前の彼の姿が脳裏に蘇り、緩んだ口から無意識にぽつりと独り言がこぼれた。

キッチンからなんとなく隣に目線を向ければ、じっとこちらを見つめる彼と目が合う。その瞬間、はっとした。

ヤバい、ついあの頃の呼び方を口にしてしまった。突然〝さん付け〟したらおかしいよね!?

「あっ、すみません！　なんで私、急に馴れ馴れしく……」

「あんた、本当に真面目だな」

内心あたふたする私を見て、社長は呆れたように笑う。

「いいよ、好きなように呼んで。〝不破っち〟とか、雪成だから〝ゆっきー〟とか」

「それはちょっと」

軽く手の平を向けて正直に拒否すると、彼はむっと仏頂面になった。

さすがにそこまでフランクにはなれない。センスがあるのかないのか、微妙なあだ名だし。

でも、通常の仕事から離れたら、もうちょっと気楽に接してもいいのかな。桐原専務が言っていた通り、距離が縮まりそうな気もする。

「……じゃあ、社外では不破さんで」

しばし考えたあと、無難に呼ぶことにした。むしろ私にとってはこの呼び方が一番しっくりくるから。

社長は仏頂面を崩してふわりと微笑み、リビングダイニングに足を進める。私もついていくと壁側に内階段があり、二階部分が見える造りになっていて、デザイン性の高さに感激する。

「わあ、メゾネットってやつですか？　すごくオシャレ……あっ」

こんなところに住んでみたいと思いながら、ぐるりと見回していると、部屋の隅にケージらしきものがある。その中に、まるでぬいぐるみのようにもふもふとした小動物がいるのを見つけた瞬間、私は目を輝かせた。

「きゃー、うさぎ！　可愛い～！」

直径五十センチほどのケージに駆け寄って膝をつき、まじまじと眺める。

茶色の毛並みに、ピンと立った耳、真っ黒なくりくりとした目。大きさは五百ミリリットルのペットボトルくらいで、前足をそろえてキョトンとこちらを見ている姿がめちゃくちゃ可愛い。

なんとなく不破さんは、動物には……というか、仕事と料理以外には興味がなさそうなイメージだった。なのに、まさかうさぎを飼っていたとは。

驚きと、うさちゃんの可愛さでテンションが急上昇する私の後ろで、彼が立ったまま説明する。

「もうひとつアリサに頼みたいのは、こいつの世話。つってもエサは朝晩二回で、トイレの掃除は俺が毎日やれるけど、こいつを外に出すときに手伝ってもらえると助かる。ケージの掃除とか、運動不足解消に遊ばせたりとか」

「いいですよ」

うさぎから目を離さず、迷わずに答えると、不破さんは少々面食らったような調子で言う。

「これは即答かよ」

「小動物好きなので。この子、名前はなんですか？」

「ピーター」

「それ、絶対あの有名なラビットから取ってますよね」

ツッコまずにはいられなかった。確かに見た目はそっくりだけど、安直な名づけ方だな。さすがのネーミングセンス。

失笑しつつ、「触ってもいいですか？」と尋ね、了承を得てからケージを開けさせてもらった。

私が緩みきった表情で、もふもふの柔らかな身体に手を伸ばしている最中、不破さんは腕組みをして小さなため息を漏らす。

「飼い始めて二ヵ月くらい経つんだが、全然懐かないから一度外に出すと大変なんだ。

ずっと逃げ回ってて捕まえられなくて……って、おい」

なぜかギョッとしたような声が聞こえ、立っている彼を振り仰ぐと、私の片手に両前足をのせて静かに撫でられているピーターを凝視している。

「もう懐いてやがる」

「全然嫌がりませんよ。本当に可愛いですね～、ずっと触ってたい」

「嘘だろ……俺にはやっと撫でさせてくれるようになったとこだってのに」

だいぶショックを受けたらしい飼い主さんは、口元を片手で覆って俯《うつむ》く。その哀愁漂う姿に、失礼ながら笑ってしまった。

不破さんって、いつも飄々《ひょうひょう》としているし余裕を感じるから、ピーターに手を焼いているところを想像すると、なんだか可愛い。この人も焦ったり落ち込んだりすることがあるんだなって、当然のことなのに物珍しく感じてしまう。

そのとき、彼がおもむろに私のすぐ横にしゃがみ込んだ。一緒にケージの中に手を入れ、私の手に前足をのせたままのピーターをそっと撫でる。

わ、ちょっと、近い……！

急に身体が触れ合うくらい接近したため、無意識に手を引っ込めようとしてしまい、ピーターはぴょんと跳ねて離れていった。

隣にそろそろと目を向けると、彼はケージの隅っこで丸くなるピーターを眺めて、こんなことを言う。

「なんか似てるよ、お前ら」

「え？」

『お前ら』って、私とピーター？　いったいどこが？と首を傾げる。

「愛想はいいのに、わりとお堅いし隙がなくて、常に俺との間に一線引いてる感じが」

見透かすような視線をこちらに向けられ、ドクンと心臓が波打った。愛想がいいというのは褒め言葉なのだろうけど、素直に喜べる内容ではない。

一線を引いているというのは、その通りだと思う。この人は社長なのだと意識せざるを得ないから、それなりの態度になるのは仕方ないだろう。

彼もそれはわかっているらしく、「まあ、ビジネスパートナーになってまだ日が浅いから、壁があって当然か」と言った。

もしも彼が私とのことを覚えてくれていたら、きっとまた違ったはず。仕事中はともかく、今のような状況ならもっと親しくなれていたかもしれない。

ただ、〝お堅いし隙がない〟というのは、可愛げがないと言われているのと同じような気がする。これはもともとの性格だし、どうしようもない……。

微妙に切なくなって目を伏せた直後、頭に心地いい重みとぬくもりを感じた。

彼の手がのせられたのだと認識すると同時に、それはピーターを撫でたときと同じ優しい手つきで髪を滑る。

再び目線を上げれば、前髪がわずかにかかる漆黒の瞳が、私だけをまっすぐ捉えていてドキリとする。

「だからこそ、構いたくなるんだよ。いつか絶対、お前の境界線を越えてやる」

後頭部を包み込んだまま宣言され、鼓動のスピードがますます速くなった。

それはつまり、私のテリトリーの中に入り込む、っていうこと？　彼のほうから踏み込もうとしてくるなんて。

『構いたくなる』と言うくらいだ。深い意味があっての言動ではないのかもしれないだとしても、彼が私に興味を持ってくれているのはすごいことのように思える。

呼び方が、いつの間にか〝あんた〟から〝お前〟になっていることも地味に嬉しい。それだけで、なんとなく距離が近づいた気がして。

頬がほんのり熱を持つのを感じていると、彼は小さく笑みをこぼして手を離した。

そしてピーターに向き直り、「お前も絶対手懐けてやるからな」と言っている。ちょっぴりムキになる彼は子供みたいで、つい笑ってしまった。

……私も、もっとこの人の中に侵入してみたい。これまでどんなふうに人生を歩んできて、今、心のうちではどんなことを思っているのか、覗いてみたい。

謎の特別報酬への警戒心はどこへやら。心地よささえ感じる彼の隣で、私は久しぶりに胸が躍る感覚を抱いていた。


その日はピーターのお世話の方法を教えてもらい、段ボールの中身の片づけや掃除を軽く行って、業務は終了した。

以来、なんやかんやと家の用事を頼まれて、彼のマンションに寄ってから帰ることが多くなっている。

十一月も終わりに近づいた今日も、ミッションをこなして自分のマンションに帰宅した私は、着替えもせず自室のベッドにダイブした。

すでに八時を回っている今、桃花は先にお風呂に入ったらしい。肩にタオルをかけた彼女は、缶ビールを二本手にして戸口に寄りかかり、憐《あわ》れむような声を投げてくる。

「今日はどうしたの」

「『ピーターのエサ買い忘れた』って言われたから、指定されたやつを買って宅配ボックスに押し込んできた……。そのエサが特定のペットショップにしか売ってないペレットだっていうのを本人も知らなかったみたいで、めちゃくちゃ探し回ったよ……」

「それはご苦労さま」

桃花は苦笑交じりに言い、テーブルに一本の缶ビールをコトリと置いた。

彼女のささやかな労いが嬉しいのに、疲れがどっと出た私はうつ伏せになったまま動けない。

不破さんは仕事であってもプライベートであっても、相変わらず奔放で容赦ない。

例えば、取引先と商談や打ち合わせをしているとき。先方が理不尽なことを言ったりすると彼のやる気スイッチが入ってしまい、徹底的に論破するのだ。それが正論であるため、打ちのめされるお方がほとんどなのだが、万が一お怒りになられたらどうしようかと私は毎回ひやひやしている。

精神的にも肉体的にも疲弊するのよ、あの人のお世話は。桐原専務が三日で嫌になったというのが身に染みてわかるわ。

「彼についてくって、自分が決めたことだからしょうがないんだけど、すごく振り回されてる感が……」

ボソボソと本音をこぼしていたとき、トレンチコートのポケットに入れていたスマホがピロンと音をたてた。

のっそりとした動きで取り出し、うつ伏せの状態でメッセージをチェックする。

「はあ。噂をすれば、ゆっきーさん」

「誰それ」

怪訝そうな顔をする桃花に説明するのはあとにして、なんとなく嫌な予感がする不破社長様からのメッセージを読み上げる。

「〝急遽金曜に出張することに決めたから、同行してほしい〟」

「え、三日後じゃん。どこ行くの？」

「ほっ、北海道！　しかも日帰り!?」

弾丸ツアー的な内容に驚愕《きょうがく》して叫んだあと、再び突っ伏す私に、桃花は「振り回されてるねー」と言って気の毒そうに笑った。

三日後に出張って、なんでそんな急に決めるかな、あの人は。昼食のときも行くと決めていたレストランを突然気分で変える人だから、もう仕方ないけれど。

それより、初めてお邪魔する北海道がまさかの日帰り……。どうせならもっとゆっくりしたかった。無念すぎる。

「この調子だと、クリスマスもちゃんと家で過ごせるかどうか……」

さめざめと泣きたい気分で呟きながら、ふとあることを思い立った私は、むくりと上体を起こした。

ベッドに座り、シャンプーのいい香りを漂わせる桃花とようやく向き合うと、気分を百八十度変えて明るく言う。

「今年のクリスマス、日曜日だよね。もし桃花も休みだったら、久々にどこか遊びに行かない？　パーッと、美味しいもの食べてさ」

ここ数年のクリスマスはどちらかが仕事で、ごちそうとケーキだけ用意して、家でまったりと過ごすのが定番になっていた。しかし今年は、私は一応土日にちゃんと休みが取れるようになったから、桃花さえ都合が合えばアクティブに過ごすのもアリかなと思ったのだ。

すると、桃花は親指を立ててニンマリと微笑む。

「そう言うと思って、すでに希望休み出しておきました～」

「本当⁉　さっすが桃花さん！　よし、不破さんがなにを言ってきても、絶対休ませてもらうわ」

俄然《がぜん》テンションが上がってきて、クリスマスだけは邪魔されまいと心に誓う。

とはいえ、不破さんにだってもしかしたら一緒に過ごしたい人がいるかもしれない。

彼のマンションに出入りするようになって、恋人の気配がないことは察しがついているけれど。

そもそも、あの奔放な社長様に寄り添える人っているのかな。不破さんはどういう女性が好みなんだろう。むしろ色恋に興味があるのかどうなのか……。

缶ビールを手に取り、プルタブを開けてなんとなく考えていると、私をじっと見ていた桃花が優しい顔をして言う。

「麗、前よりずっと楽しそうだよ。大変だけど、その分充実してるって感じ」

「そう？　まあ、あの人に貢献した分お金になるし、ピーターとも遊べるしね」

「いや〜。それ以外に、もっと重要な理由がある気がするけどなぁ」

「え？」

もっと重要な理由とはなんなのかわからずキョトンとすると、桃花の口角が意味深に持ち上げられる。

「麗も恋愛したことないわけじゃないから、いつかは気づくよね」

彼女は脈絡のないひとことを独り言のように口にして、自分の缶ビールをぐびっとあおった。私はひとり、首を傾げる。

なんで突然、恋愛の話が出てくるのだろう。今は不破さんとのことを話していただけなのに。

……と、私もビールを口に運びながら、恋愛と不破さんをなんとなく絡めて考えていたとき、ふと気がついて手を止めた。

桃花はもしや、私が不破さんのことを好きになっていると言いたいのだろうか。

確かに、そう仮定して考えてみれば納得できる部分もある。社長になって距離を感じていた彼と、今また近づけて嬉しいと思っていることとか、彼の言動にドキドキさせられてしまうこととか。

恋の可能性が浮かび、心臓がうさぎのごとく、ぴょこんと跳ねた。

ちょっと待って。私、本当に彼のことが好きなの？

ここ数年、恋愛には縁がなかったから、無性に恥ずかしくなってくる。

……いや待てよ。これだけで好きだと決めるのは心許《こころもと》ないような。

颯太のときはどうして恋心を自覚したんだっけ？　あれこれ考えなくても、自然に好きという感情を持っていた気がする。ということは、まだそこまでの想いではないってこと……か？

缶ビールを口のそばに持っていった状態で固まり、黙考する私に、桃花は怪訝そうな顔で「ひとりマネキンチャレンジ？」とツッコんだ。

考えだすと、よくわからなくなってくる。年を重ねると、簡単に恋愛もできなくなるものらしい。

結局疲れのほうが勝り、一旦考えることを放棄した私は、あやふやな想いと共に黄金の液体を喉の奥に流し込んだ。

カリスマシェフのご帰還

例の出張日はあっという間にやってきて、その一日も瞬く間に過ぎていった。

ただ今、私は帰りの飛行機の搭乗手続きをするところ。チェックインカウンターの列に並び、空港内の景色をぼんやり眺めている。

朝早くに東京を出発し、新千歳《しんちとせ》空港に着いたのは午前九時頃。初めて降り立った、すでにうっすら白く染まっている札幌《さっぽろ》の街に感激する間もなく、日本有数のフードサービス会社へ移動した。

今日の目的は、この会社の社長と対談をしたり、社員食堂を見学させてもらったりと、簡単に言えばパーフェクト・マネジメントをよりよくするための勉強をすること。社内を実際に見たり、経営の詳しいお話を聞いたりするのはとても有意義で、来てよかったと思う。

ただ、やはり北海道まで来たというのに仕事だけして帰るのは、なんともやるせない。明日は土曜で休みだし、すでに仕事も終わっているので、ちょっとくらい羽を伸ばしても……という、よこしまな気持ちが消えないのだ。

「でも、公私混同するのはよくないしね……」

手続きを終え、搭乗券を見下ろして、諦めの声をつい小さくこぼした。

隣に並んだ不破さんがこちらに探るような目線を向けるので、緩んでいた気持ちも姿勢もピンとする。

「なに」

「いえ、なんでも」

「観光したかったんだ？」

「……なぜ的確に当ててくるんですか」

ズバリ言い当てられた私は顔を背けて、いつかも言った気がする言葉をボソッと呟いた。

聞き取れなかったらしく、「ん？」と首を傾げる彼に、私は歩きだしながらいつものようにきりりとして答える。

「観光だなんて邪念はありませんよ。今日は仕事ですので」

こんなツンとした態度だと、また可愛げがないと思われるかもしれない。

とはいえ、しおらしく『観光したかったです』と白状したところで、日頃から『無駄は省略』と言っているこの人が、余計な時間を取ることなどしないだろう。『出張に高い金をかける必要はない』と、エコノミークラスを取らせたくらいだし。

そう思って平然と振る舞ったにもかかわらず、不破さんは私の気持ちをすべて読み取っているかのように言う。

「仕事が終わったとはいえ、出張ついでの観光じゃ純粋に楽しめないだろ。旅行したいなら、完全にオフのときに連れてきてやるよ。ファーストクラスにも乗せてやるし」

その言葉にドキリとして、私は思わず足を止めた。振り仰げば、彼は高級そうな腕時計を見下ろして時間を確認している。

……オフのときに連れてきてくれる？　それって、仕事上の立場は関係なく、ただの男と女として、ということ？

いや、逆にそんなことをさらっと言っちゃうあたり、私って異性として意識されていないんだろうか。

あれこれ思案してなんとなく複雑な気分になるも、ふいにピンときた。もしかしたらこれは、特別報酬のひとつなのではないか、と。

「それに見合うくらいのミッションをこなして社長に貢献したら、ということですか」

「ご名答」

彼はこちらに目線を向け、ふっと微笑んだ。

やっぱりそうか。北海道旅行がボーナスだなんて、いったいどれだけの要求をされるのか、考えるのも恐ろしい。私を旅行に連れていってくれるのは仕事の対価なのだと思うと、なんだか無性に切ないし。……って、なんで切なくなるのよ。

自然に込み上げていた謎の心情にツッコんでいると、不破さんの口から思わぬひとことが飛び出す。

「でも、アリサは今日もよくやってくれたから、せめて海の幸を食って帰るか。まだ時間あるし」

「えっ⁉」

海の幸、食べさせてもらえるの⁉　それなら来た甲斐がある！

北海道ならではの新鮮なイクラやカニの映像が瞬時に頭に浮かび、ぱあっと顔を輝かせる私。

「い、いいんですか？」

「これも食の勉強だ」

目の色を変える現金な私に彼はおかしそうに笑い、飲食店が並ぶほうへと足を向ける。直後、なにかを思い出したように再び立ち止まった。

そうして突然私の左手を取り、手の平を上に向けて開かせる。

「あと、これもやるよ。アリサは人の土産ばっか選んで、自分には買わなそうだから」

そう言って、ポケットから取り出したなにかを手の平にのせてくるので、まさか素敵なお土産?と一瞬胸が期待に膨らむ。

軽く心を躍らせて見てみれば……そこにあるのは直径七センチほどの、焦げ茶色の熊が鮭《さけ》をくわえているミニサイズの置物だった。

これ、あれですよね。昔の北海道土産の定番だった、おじいちゃんの家とかでよく見る有名なあれですよね。

小さいのにずっしりとしたそれを見つめ、私は口の端を引きつらせる。

「なぜ、木彫りの熊……」

「北海道といえばこれかなって」

「いつの時代ですか」

思わず真顔でツッコんでしまった。不破さんってセンスがいいのか悪いのか、たまにわからなくなる。

それはさておき、きっと私が先ほどお手洗いに行った隙に買っておいてくれたのだろう。彼のその気持ちが、観光するよりなにより嬉しい。

木彫りのミニ熊さんも、あまり胸キュンはしないけれど可愛らしく見えてきて、ふふっと笑みがこぼれた。

「社長が私のために選んでくれたことが嬉しいです。ありがたくいただきます」

ひょいと熊さんを持ち上げ、笑顔で軽く頭を下げる。私から視線を外さない不破さんの表情も柔らかくほころんだ。

ふたり歩調をそろえて再び歩き始めたとき、彼がなにげなく言う。

「餌づけすると喜ぶところもピーターに似てんな」

「ちょ、餌づけって」

「可愛いよ、すごく」

魅力的な微笑みと共にかけられた不意打ちのひとことで、胸に強い衝撃を受けた気がした。次いで、顔に熱が集まる。

今、心臓で大きな音がしたんですが。可愛いだなんて言われ慣れていないからかな。この人から突然甘いセリフが飛び出したからかな。それとも……。

三日前に桃花と話していてぼんやりと浮かんだ〝恋〟という可能性が、再浮上してくる。

曖昧だったそれが、はっきりとした輪郭を持ち始めるのを感じるも、空港内の飲食店やお土産屋のディスプレイが目に入ると、そちらに意識が逸《そ》れていく。

ひとつ確かなのは、知り合いが誰もいないこの地で、不破さんとふたりだけで過ごす時間がとても特別に感じること。

今はその貴重なひとときを、難しいことは考えずにただ楽しむことにした。


出張の翌週、いつものように社長室でひとり事務仕事をしていると、昼休憩が始まる十二時になった途端、エイミーがやってきた。

「ねえねえ。近々アリサの歓迎会も兼ねた飲み会をやりたいなと思ってるの。今週の金曜、どう?」

今日も明るい彼女は私のデスクに両手をつき、しっぽをパタパタと振っているのが見えそうなくらいの調子で問いかけた。

素なのか計算なのかわからないけど、可愛らしさを前面に出せていいなぁ……と思いつつ、スマホでスケジュールをチェックする。

十二月二週目の金曜の欄に、なにも書いていないことを確認し、エイミーを笑顔で見上げる。

「ありがとう。金曜、たぶん大丈夫」

「オッケー! 年末に忘年会もあるから、来られそうな人にだけ声かけてみるね。イクミンと武蔵は強制参加だけど」

その言葉の中でひとつだけ引っかかり、首を傾げる。

「イクミンって誰？」

「あ、桐原専務のことだよ。桐原生巳《いくみ》っていうの」

「へえ、そうなんだ」

専務のフルネーム、初めて知った。どう考えても彼には不似合いなあだ名で呼べちゃうとか、さすがはエイミー。

彼女に限らず、この社内では本当に皆好きなように呼び合っているからだいぶ慣れてきたものの、私はまだ役職者に対してはそこまでフレンドリーになれない……。

まあ、あだ名で呼ぶかは別として、歓迎会でもっと親しくなれたらいいな。最近こういう集まりはなかったから楽しみだ。

ワクワクしながら書類をファイルにとじていると、エイミーは私のデスクにちょこんと置かれたあるものに気づき、身体を屈めてまじまじと見る。

「あれっ。これって、この間の北海道出張のお土産？」

「ああ、うん。そうだよ」

不破さんがくれた、鮭をくわえた熊さんは、せっかくなのでデスクの上に置くことにした。重みがあるため、書類を押さえておくのになにげに使えたりする。

すでに愛着が湧いてきているのだけど、エイミーはぷっと吹き出し、大口を開けて笑う。

「あっははは、今どき木彫りの熊って！　おじいちゃんち以外で久々に見たよ！　アリサのその昭和っぽいチョイス、超ウケる～」

「センスいいだろ、俺」

ケラケラと笑ってけなしていたエイミーの横に、たった今やってきた不破社長様が、ぬっと顔を覗かせた。その顔には口元にだけ笑みが浮かんでいて、私はギョッとする。

口をつぐんだエイミーも、今の彼のひとことで、この置物を買ったのは私ではないことに気づいたらしく、〝しまった〟という顔をする。

「えっ。まさか、この昭和感漂うチョイスはボスの……!?」

「アリサ、レストランの抜き打ちチェック行くよ」

表情を強張らせるエイミーに構わず、不破さんは黒いコートをバサッと羽織り、私に声をかけてさっさと社長室を出ていく。冷笑を浮かべるだけでなにも言わないのが逆に怖い。

とりあえず私も行かなければと、エイミーに「じゃあね」と小さく告げ、そそくさと上着を持って彼を追いかける。後ろから、「ごめんなさぁぁい！　一周回って可愛いですぅ～！」と叫ぶ声が響き渡った。

エイミーの叫びに笑いそうになるのを堪えてエレベーターに乗り込むと、一階のボタンを押す不破さんが淡々と言う。

「あのうるさいやつが歓迎会を開いてくれるって？」

もはやあだ名ですらない〝うるさいやつ〟に失笑しつつ、単純に気になったことを聞いてみる。

「そうみたいですね。社長は来てくださるんですか？」

「個人的な飲み会には滅多に行かないよ。俺がいたらできない話もあるだろうし」

「そう、ですか」

なんだ、不破さんは来ないのか。社員とフレンドリーなら、そういう集まりにも顔を出すのかなと思っていたのだけど。なんとなく物足りない気分……。

「寂しい？」

頭の上のほうから、あやすような甘さを含んだ声が降ってきて、心臓が揺れ動いた。

『それが本心じゃないの』と言われているみたいに感じて。

でも、彼のいたずらっぽい瞳を見れば、きっとまた私をからかっているのだろうとわかるし、動揺するだけ損だ。

「社長には四六時中お供してますので、充分です」

ささやかに笑みを浮かべてかわすと、不破さんは少々つまらない様子で「へえ」と声を漏らした。

しかし次の瞬間、耳元にかかっている髪がかすかに揺れ、彼の顔が寄せられたことに気づいて、はっとする。

「もう満足してんの？　俺はまだまだ足りないのに」

セクシーな囁《ささや》き声が耳に吹き込まれ、ぞくりと身体が疼《うず》く感覚を抱いた。

ま、またわざと妖しげなことを言って、この人は……！　イケメンの思わせぶりなセリフはタチが悪い！

結局動揺を顔に表してしまう私に、彼はクスッと笑い、ちょうど開いたドアに向かって足を踏み出す。飄々としている彼に自分ひとりが翻弄されていることを悔しく思いつつ、あとに続いた。


今日お邪魔するのは、なんと不破さんが以前、調理師として勤務していたシティホテルのレストラン。平日の昼はリーズナブルなランチメニューが人気で、毎日賑わっている。

不破さんはここで働いていたことは一切匂わせないが、内心はどう思っているのだろう。当時の彼のことを知っている従業員が残っているかもしれないし、お互い複雑な心境になるんじゃないだろうか。

いろいろと想像して勝手にハラハラしていたものの、白を基調とした清潔感が漂う店内に入ってすぐに、お客様のこんな声が耳に飛び込んできた。

「料理まだかな？」

「あっちの席の人のほうがあとに来たのに、もう食べてるしね」

女性客ふたりが、水が入ったグラスしかのっていないテーブルに肘をつき、若干不満げに話している。

確かに、見回してみれば料理が来ていないテーブル席が目立つ気がする。ホールのスタッフもどことなく表情が硬く、焦っているようにも見えた。

不破さんも当然気づいており、涼しげな表情の中に厳しさを交じらせて呟く。

「……遅れてんな」

「なにかトラブルがあったんでしょうか」

先ほどとは別の不安が湧いてくる。不破さんはなにかを察知したらしく無言で歩きだし、レストランの奥へと向かう。

すれ違うホールスタッフに「邪魔するよ」と言い、厨房の出入口までやってきた。するとと突然コートとスーツのジャケットを脱ぎ、私に手渡してくる。

「アリサ、これ持ってて」

「えっ。社長、なにを……⁉」

「飛び入り参加」

彼は真面目な顔で茶化したように言い、腕時計も外して私に預けてきた。

もしかして、不破さん自ら手伝うってこと⁉

両手に荷物を抱えて目を丸くする私をよそに、彼はワイシャツの袖を腕まくりしながら厨房へと乗り込んでいく。私はその様子を、戸口に立ったまま見つめるしかない。

「やけに時間かかってるみたいだが、どうした？」

「社長……！」

思わぬ人物の登場で、異様に慌ただしく動いていたキッチンスタッフの皆が瞠目する。人数は四人しかおらず、心許ない印象だ。

まださばけていない伝票の束、盛りつけ途中の料理、シンクに溜《た》まった大量の洗い物。普段からこんな感じなのかはわからないが、とにかく忙しそう。

出入口付近にある水道で手を洗う不破さんに、ひとりの男性スタッフが焦燥感たっぷりに説明する。

「先ほど、料理長が急に具合が悪くなってしまって、厨房に立てない状態なんです。こういうときに限って、ランチメニュー以外の料理やオーブンを使う料理のオーダーが集中して……」

「それでテンパってると」

事情を聞いて納得したらしい不破さんは、洗い終わった手を拭《ふ》き、注文伝票を広げて、ざっと目を通す。

そして調理の進み具合を確認しながら、冷静に声をかける。

「間に合ってないところは俺が補助をする。あんたらはまず落ち着いて、俺の指示通りに動け」

その言葉で、厨房内に驚きの声が上がった。社長直々に手伝うとなれば無理もないだろう。

胸を打たれているのは私だけかもしれない。不破さんならここでの作業はお手の物のはずだし、絶対になんとかしてくれるという信頼があるから。

皆がざわめく中、不破さんはできている料理を盛りつけ始め、同時に淡々と指示を出す。

「六番テーブルの客、不満そうにしてたぞ。オーダーしてから十五分経ってんじゃねーのか。そこ優先で」

それって、先ほどの女性客ふたりのこと？　ここで働いていたときのことを覚えているからなのか、伝票を見たからなのかわからないけれど、テーブルの番号まですぐに把握するのはすごい。

オーダーから十五分を過ぎるとお客様は待たされたと感じるらしいが、きっとその通りなのだろう。スタッフは「すみません！」と謝ってすぐに取りかかり始めた。

「グラタンは天板に流して焼いて。あとで盛りつけるようにすれば、ココットに入れて焼くより多くできる」

「わかりました」

手際よく盛りつけながらアドバイスをする不破さんに従い、皆が再び慌ただしく動きだす。しかし先ほどとは違い、幾分落ち着きを取り戻したように見えた。

でき上がった料理が次第にスムーズに出されていく中、臨機応変に調理を手伝う不破さんは、野菜が足りないことに気づいたのかキャベツを切り始める。

気持ちのいい音をたて、すごいスピードで千切りにしていくその包丁さばきに、一瞬皆が目を見張った。もちろん、私も。

　思わず注目する皆の視線に気づいた彼は、手を止めて無表情で周りを見回す。

「……あんたら、野次馬じゃなくて料理人だろうが。さっさと動く」

「は、はいっ！」

　抑揚のない声からは怒りは感じないものの、静かな威圧感があり、皆はそそくさと作業を再開する。

　唯一、私だけが突っ立ったまま不破さんに注目してしまう。手際のよさや頼もしさに激しく胸を打たれ、持っていた彼の上着を無意識にぎゅっと抱きしめていた。


　不破さんが三十分ほど手伝っただけで厨房の中はスムーズに回りだし、大きな問題もなく、なんとかピークを乗りきることができた。

　そのあと落ち着いたところで、料理長の詳しい事情を聞くと、なんと厨房に立てなくなった原因はぎっくり腰だったらしい。動けないのが一時的なものでまだよかったが、彼がいないときの対処ができないことが判明したのは大問題だ。

　不破さんが重々注意した『常に最悪の事態を想定して、最善の方法を考えておけ』との言葉に、スタッフ一同猛省した様子で、手伝ってくれたことに深く感謝していた。

休憩時間を遅らせた私たちは、今度は客としてテーブル席に座り、料理をいただく。

不破さんは水を飲み、ひと息ついて私に謝る。

「悪い、休憩が遅くなって」

「平気です。クレームも出ずに済みそうでよかったですし、社長の貴重なシェフ姿を拝見できて光栄です」

私はカッコよすぎた不破さんの姿に、内心興奮冷めやらぬまま、笑顔で本音を漏らした。彼が元調理師であることは有名なので、こう言っても問題はないだろう。

彼も、ふっと笑いをこぼし、かつ真面目さを露わにした表情で言う。

「思わず身体が動いてたよ。ここは昔から働いてる人が料理長しかいないから、もっとスタッフを教育するべきだな」

その言葉で、不破さんがここへ来ても気まずいだとかいう心配はたいしてないのだろうとわかった。昔の仲間がいないのは少々切ないものがあるけれど。

そのとき、先ほど彼が盛りつけを手伝っていた煮込みハンバーグが運ばれてきた。

美味しそうな香りが漂うそれを見つめる私の頭に、これまで何度も考えた疑問が再び浮かぶ。

なぜシェフを辞めて社長になったのだろう。腕がいいのは今日の彼を見ていればわかるし、やはり理由が気になる。

「……不破さん、以前は調理師として働かれていたんですよね。どうしてその道を進み続けなかったんですか？」

休憩中であることと、仕事の関係は抜きにして話してほしい気持ちもあって、〝社長〟とは呼ばずに質問してみた。

ピクリと反応して私と視線を合わせた不破さんは、静かに目を伏せる。その表情に一瞬影が落ちたように見え、胸がわずかにざわめく。

お互い料理に手をつけずに数秒沈黙したのち、彼がゆっくり口を開く。

「続ける意味がなくなったから、かな」

伏し目がちなまま口にされた声もどことなく暗然としていて、シェフを辞めたことにはなにか深い事情があるのでは、と漠然と感じた。

「でも、こっちのほうが性に合ってんのかも、って最近は思うよ」

そう言って目線を上げた彼は、すでにいつもの微笑を浮かべていて、「あー、腹減った」と独り言をこぼして食事を始める。

なんだかますます気になるものの、それ以上は聞くことができず、私もフォークを手に取った。

『意味がなくなった』……か。じゃあ、不破さんはなんのために調理師になったのだろう。

新たな謎が深まってしまい、私は柔らかなハンバーグを味わいながら、綺麗な所作で食事をする彼を密かに見つめていた。

強引に踏み込むプライベート

迎えた金曜日、クリスマスムード一色の街中の、とあるスペインバルで歓迎会が開かれた。

今月は不破さんを呼んでの忘年会も開かれるため、エイミーが声をかけて集まったのは十人ほど。私はどちらかというと少人数での飲み会が好きなので、このくらいがちょうどいい。

オープンキッチンが明るくオシャレな店内で、数々の美味しいタパスとお酒をお供に、わいわいと楽しんでいた。

隣り合うふたつのテーブル席に分かれ、最初は皆で話していたものの、次第にそれぞれのテーブルで盛り上がり始める。

だいぶお酒が進んできたところで、私は同じテーブルの三人に、数日前も考えていた疑問を投げかけてみた。まずは隣に座るエイミーが答える。

「ボスがどうして調理師を辞めたのかって？　うーん、それは知らないなぁ。彼、自分の過去の話はまったくしないから」

やっぱりそうだよね、と頷く私。誰にも知られたくない！とかいう頑《かたく》なな感じは受けないけれど、あえて話すこともしないのだろう。

するとエイミーは私の正面に座る専務に視線を移す。

「あ、イクミンは知ってるんじゃないですか？　ボスとは前から仲いいし」

話を振られた専務は、これまで穏やかだった表情を冷ややかなものに変え、ビールが入ったグラスに手を伸ばして反論する。

「仲がいいわけではありませんよ、あんな変わり者。年が一歳違いで、お互い減らず口を叩いても居心地がいいから一緒にいるだけです」

「それ、充分仲良しだと思いますよ」

そっけなく吐き捨てた彼に、エイミーがすかさずツッコんだ。

確かに、悪態をついていても嫌い合っている感じは皆無だもの。専務は今みたいなお酒の席でさえ、誰に対しても敬語を崩さず温和なのに、不破さんのことになるとなぜかツンツンしちゃうから面白い。

私はクスクスと笑い、クールにビールをあおる姿もカッコいい彼に質問する。

「不破さんとはいつからの付き合いなんですか？」

「お互い学生の頃からなので、十年くらいになりますかね。同じカフェでバイトしていたんですよ」

「へえ〜」

意外な事実に、私は目を丸くして相づちを打った。

このイケメンなふたりが店員だったとは、贅沢《ぜいたく》なカフェだな。黒い腰エプロンを巻き、ワイシャツを腕まくりした姿でふたりが働くカフェがあったら、目の保養に毎日通うわ。

胸ときめく妄想はさておき、専務が眼鏡のブリッジを押し上げて話を続けるので、興味津々《しんしん》で耳を傾ける。

「私は経営学を専攻していたので、彼が本格的に会社を立ち上げる気になったときに声をかけられたんです。『お前の知恵を貸してくれ』と」

「それで一緒に起業したんですか」

「ええ。どちらかの家で計画を立て、友人や知り合いのツテで人を集めて、小さな店に人材を派遣するところから始めました。受託なので新たに店舗を構える必要もありませんでしたし、オフィスもいらなかったからできたことですね」

パーフェクト・マネジメントの起業秘話を聞くことができ、私は感心しきりで深く頷いた。

当然ながら、最初はものすごく小さな規模から始まったんだな。そこから今ほど成長させたことは、本当にすごいとしか言いようがない。

「当時、ちょうど私も勤めていた会社に不満を持っていて、精神的にやられていたこともあって、きっと頭がおかしくなっていたんですよ。〝あの人が舵《かじ》を取る船に乗ってみたい〟だなんて、危ない賭けに出たくなったんですから」

専務は自虐的なことを言い、嘲笑を漏らす。

しかし、「その選択は間違っていなかったと今は言えるので、結果オーライですが」と補足された。私は安堵して頬を緩ませる。

〝桐原専務は社長の片腕だ〟と聞いていた通り、パーフェクト・マネジメントは、ふたりが協力して作り上げた会社なのだ。

短期間でここまでのし上がるには、私には想像できない苦労があっただろうし、衝突もしたことだろう。不破さんに対して単純に仲がいいと言えないのも、こういう背景があるからなのかもしれない。

納得しながら、「そんないきさつがあったんですね……」としみじみ呟くと、エイミーがテーブルに両肘をついて話しだす。

「ここの社員は、だいたいがわけアリなんだよ。実はあたしも、前は地下アイドルだったの」

「ええっ⁉」

突然の告白に、私は驚愕して短く叫んだ。

しゃべり方や仕草がアイドルっぽいとは思っていたけど、本当にそうだったの⁉

いつも女子力が高く、今日もふわふわの長い髪は緩いアップにして、膝丈のスカートをはいている。そんな彼女が急に違う世界の人に見えてくる。

エイミーは奥二重の瞳を三日月みたいにして、あっはっは、と笑ったあと、あっけらかんと言う。

「それが全っ然売れなくってさー。いろんなバイトをかけ持ちしてたら、その中の居酒屋でボスと出会ったわけ」

彼女は視線を宙にさ迷わせ、当時のことを懐かしんでいるようだ。

「自信なくしてるときだったから、『あんたの営業スマイルとコミュニケーション能力は天下一品だな』って褒められたのがすごく嬉しくて、あっさり飛びついちゃった」

「なるほど……。不破さんはその人が持つ能力を見いだして、自分の手中に収めるのが上手なんだね」

秘書にならないかと誘われたときのことを思い出し、人の心を掴む彼の口説き方に感服して頷いた。

私だけじゃなく、これまでたくさんの社員をヘッドハンティングしてきたのだろう。あのときにくれた甘い言葉の数々は、やっぱり仕事のためなのだと思うと、若干もやっとするけれど。

エイミーは私の言葉に「そうそう」と同意すると、専務の隣で静か～にグラスを傾けている武蔵さんに話しかける。

「武蔵もどっかから引き抜かれてきたんだよね。確か、前の会社では存在感なさすぎて、仕事を与えられなかったんだっけ」

「そんなことあるんですか？」

失礼だとは思いつつも、半笑いで口を挟んでしまった。

体格がいいから存在感がありそうなものなのに、そこまで無口だとは。道端の大木みたいな存在にされてしまっていたのか。

武蔵さんは無愛想な強面を崩さず、こくりと頷いた。そして、グラスを置いて今日初めて口を開き、珍しく饒舌《じょうぜつ》に話しだす。

「……僕は、社長に声をかけられたあと、一応きちんと面接を受けに来たんです。そうしたら、目の前で履歴書を破られて」

「えっ！」

「『こんな紙切れ一枚でなにがわかる。あんたがどんな人間かは、俺がこの目で確かめるよ』とおっしゃったのが、もう、鳥肌もので……」

次第に感極まったように声を震わせる彼は、口をぱんっと片手で覆い、さらに話し続ける。

「そのとき、一生社長にお仕えしようと決心しました。もしもあのお方のご期待に添えぬならば、私は切腹する所存で……！」

「重いですよ」

専務がすかさず冷静なツッコミを入れ、「武蔵は酔っぱらうと武士語になっちゃうの。ウケるでしょ」と言うエイミーと一緒に大笑いした。

こんなに濃いキャラなのに、武蔵さんの存在をないもののように扱っていた前会社が信じられないわ。

ひとしきり笑ったあと、少々頬を赤らめたほろ酔い気味のエイミーが、穏やかな表情で言う。

「あたしたち皆、成り上がりみたいなものだし、ボスに感謝してるんだ」

この会社はわけアリの過去を持つ仲間が集まって成功した。そう考えると、ブラック企業勤めだった私がここに来たのも必然のように思える。隣のテーブルの皆も、いつの間にか私たちの話を聞いていたらしく、それぞれが静かに思いを巡らせているようだった。

そんな彼らに、なんとなく改めてひとこと伝えたくなり、私は姿勢を正す。

「私、皆さんと一緒に働けて本当によかったと思ってます。これからもよろしくお願いします」

軽く頭を下げると、皆の表情がほころぶ。そのうちのひとりが「新たな頼もしい仲間に乾杯！」と声を上げ、賑やかに二度目の乾杯をした。

それからも席を変えていろいろな話を聞き、楽しい時間を過ごした。この世界に私を連れ出してくれた、今ここにいない彼に感謝しながら。

三時間ほど飲み食いして、歓迎会はお開きとなった。

酔いつぶれた武蔵さんが呼んだタクシー組と、〝元地下アイドルが一夜限りの復活！〟と大盛り上がりのカラオケ組とに分かれ、店を出たところで解散した。

私と桐原さんは電車組だ。不破さん同様、職場以外では名字で呼ぶことにした彼と一緒に、徒歩十分ほどの駅へ向かう。

酔いが回った、いい気分で歩き始めてしばらくすると、コートのポケットの中でスマホが震えだした。

「あ、電話……」

スマホを取り出してディスプレイを見た瞬間、酔いがすうっと醒めていく。表示されている名前が、ずっと会っていない母親のものだったから。

鳴り続けるそれを再びポケットにしまうと、桐原さんが不思議そうに尋ねる。

「出ないんですか？」

少々決まりが悪くなり、ちらりと彼を見上げて苦笑を漏らした。

実は、両親は中学の頃に離婚していて、私は母とふたりで暮らしていた。私は父のこともとても好きだったのに、離婚して以来なかなか会うことは許されず、次第に母に対しての不満が募っていった。

それは消えるどころか色濃くなるばかりで。息苦しい母子ふたりの生活から抜け出したい一心で、東京の大学を選んだのだ。

「……私、親とあまり仲がよくなくて、ここ数年は一度も実家に帰っていないんです。たまにこうやって母が連絡をくれるんですけど、今さらどう出たらいいのかわからなくて」

イルミネーションに彩られる都会の街並みを目に映しながら、正直に打ち明けた。

大学の頃から年に一回、義務のように顔を見せるだけだった母の元には、就職してからは忙しさを理由に一度も帰っていない。

今はもう母に対しての不満は小さくなっていて、彼女を恨んだりもしていない。しかしここまで疎遠になると、気まずさや意地が勝ってどうしても避けてしまう。

母はきっと、ずっと寂しい思いをしているはずだし、いい加減に私も大人の対応を取らなければと思うのだけれど……。

物思いにふけってしまい、いつの間にか歩くペースが落ちている。そんな私に歩幅を合わせ、話を聞いてくれていた桐原さんが、ふいに口を開く。

「有咲さんと社長は、お互いの心に寄り添い合うことができるかもしれませんね」

「え?」

急に飛び出した名前に驚き、私はぽかんとして桐原さんを見上げた。彼は表情を変えずに、抑揚のない声で語る。

「社長も、長年ご両親と仲違いしていたようなので。本人はそのことを後悔していると思います。もうふたりとも会うことはできないので、なおさら」

「それって……」

「クリスマスの翌日は、ご両親の命日だそうです」

わずかに下げたトーンで告げられた事実に、私の心臓がドクン、と重い音をたてた。

不破さんが、ご両親を亡くしていたなんて……。もし私と同じように、心の奥底では仲直りをしなければと思っていたとしたら、悔やんでも悔やみきれないだろう。

自分に置き換えて胸の苦しさをひしひしと感じていると、桐原さんは心配と呆れが交ざった声で言う。

「毎年、『墓参りくらい行ったらどうですか』と声をかけても、なにかと仕事を入れて聞く耳を持たないんですよ。でも、あなたなら彼の考えを変えられるかもしれません。ただの直感ですが」

私なら、彼の考えを変えられる？　それは難しい気が……。

そういえば、確かに二十六日は取引先であるハースキッチンの社長との会食が入っていたはず。不破さんはあえてその日にしたのだろうか。

私もお墓参りはしたほうがいいと思う。意地や罪悪感があって、行くことを拒んでいるのなら、それを取り除いてあげたい、とも。

胸がざわめく感覚を抱いて歩いていると、あっという間に駅に着いていた。桐原さんは何線なのか聞いていなかったことを思い出し、問いかけようとしたとき。足を止めた彼が先に口を開く。

「では、お気をつけて」

「あれっ。桐原さんも電車じゃないんですか？」

「私は歩いて帰れる距離なんです。『せめて駅まではアリサを送れ。でも家までは行くな』と、誰かさんが細かいので」

思いがけない言葉に、私は目をしばたたかせる。

誰かさんって、絶対に不破さんだよね？

あの人が私のことを気にかけて過保護っぽい指示をしていたとは、意外すぎる。しかも送れと言っているのに『家までは行くな』って、もしや桐原さんを警戒してのことだろうか。

不破さんがなぜそんな指示を出したのかを考えてみると、私のことを大事に想ってくれているのでは、なんて自惚《うぬぼ》れた理由が真っ先に浮かんでしまってドキリとする。

まさかそこまで大げさな理由ではないだろうけど、万が一そうだとしたら……ちょっと嬉しいかも。

ほろ酔いの頭で能天気に考えていたものの、向き合う桐原さんが私に一歩近づいたことで意識がそちらへと逸れる。

中指で押し上げた眼鏡がキラリと光った瞬間、その奥の瞳に普段見たことのない鋭さが宿ったように感じ、私は目を見張った。

「あの人はあなたを託すほど私を信用しているみたいですが……もし私自身が狼《おおかみ》だったら、どうするんでしょうね」

その発言にも、声にも、なにやら妖しげな雰囲気が漂っている。突如セクシーさを醸し出す彼が半径数十センチまで距離を縮めてきて、どぎまぎしてしまう。

「き、桐原さん？　あのっ――」

半歩後ずさったものの、彼の手が私の頬に伸びてきて、ストレートの長い髪をそっと掻き分ける。そして、少し身体を屈めて両手を首の後ろに回してきた。

え、ちょっと、まさか抱きしめられるんじゃ……⁉

彼に囲われる中、鼓動を激しく乱しながら思わずぎゅっと目を瞑った。が、抱きしめられる感覚はなく、首回りに違和感を覚えるだけ。

ん？と頭の中にハテナマークを浮かべ、ぱちっと目を開く。それと同時に手が離れていき、いつもの笑みを浮かべる穏やかな桐原さんが視界に入る。

「すみません、ネックレスの留め具が前に来てしまっていたので」

そう言われて、はっとした。今、彼はネックレスを直してくれただけだったのだ。

私、なに勝手に勘違いしてんの。恥ずかしすぎる！　ていうか、留め具が前に来ていたことに気づかなかったのも恥ずかしい！

かあっと熱くなる顔を俯かせ、「あ、ありがとうございます……」と、とりあえずお礼を言った。

小さくなる私に、桐原さんは意味深な笑みを向けてこんなことを口にする。

「大丈夫ですよ。あなたに手を出したら、社会的に抹殺されかねませんから」

「……はい？」

〝社会的に抹殺〟って、誰に、なぜ？

なんだか恐ろしい言葉が聞こえてきたため、私は口の端を引きつらせる。当の桐原さんはただ綺麗に微笑むだけで、「おやすみなさい」とひと声かけて踵《きびす》を返した。

戸惑いつつ私も挨拶を返し、なんとなく普段とは違っていた彼のすらりとした後ろ姿を見送る。

「酔ってたのかな、イクミン……」

ぽつりと漏らした私の怪訝な声が、人がまばらな駅の構内に消えていった。首を傾げ、とりあえず改札へと向かう。

桐原さんの言動は謎だらけだった。でも、私をわざわざここまで送ってくれたことには違いないので感謝だ。本当に不破さんには忠実なんだな。

彼の姿を頭に浮かべ、先ほど聞いた話を思い返す。

ご両親の命日の件、なんとかならないだろうか。人のことだけじゃなく、私自身もどうにかしないといけないけれど。

不破さんのご両親の話を聞いたら、やはり早いうちにわだかまりは解消しておいたほうがいいのだと思った。私の母親にだって、いつなにが起こるかわからないし。

桃花が待つマンションに帰るまで、彼と自分とを重ね合わせ、ひたすら考えを巡らせていた。


月曜日、出社した私は取引先のハースキッチンに電話をかけ、佐藤社長と直々にお話をした。

話がまとまったあと、フロアから戻ってきた不破さんがデスクに着くのを見計らい、さっそくその件を伝えに向かう。最悪、怒られることも覚悟で。

「社長、二十六日の佐藤社長との会食の件ですが」

「ああ、どうした？」

デスクの前に立つ私を一瞥した彼から視線を逸らさず、思いきって口を開く。

「勝手ながら、日にちを変更いたしました」

不破さんはピクリと動きを止めて顔を上げ、今度はじっと私を見つめる。戸惑いと猜疑《さいぎ》が交ざった目で。

「……なぜそんなことを？」

「その日は社長にとって重要な一日だと小耳に挟んだので、会食をずらすことが可能かどうか連絡を取ってみたんです」

私の言葉で意図を察したらしく、彼は目を伏せて大きなため息を吐き出し、椅子の背もたれにドカッと背中を預けた。

その様子からも、苦虫を噛みつぶしたような表情からも、機嫌を損ねたであろうことは明らかだ。

こ、怖っ。

「くだらねぇこと吹き込んだのは桐原か」

「誰とは言えませんが」

彼の低く暗い声色に内心ビクビクするも、毅然と答えた。

そりゃバレるよね……不破さんのご両親のことは、きっと桐原さんしか知らない事情だろうから。でも、決して言うまい。

背中に冷や汗を掻きながらも、なんとか平静な表情を保つ。彼は初めて露わにする険しい顔で私を見上げ、威圧感たっぷりの口調で言う。

「お前な……それは余計なお世話ってやつだ。俺にとって重要なのは会食なんだよ。それを勝手に変更するなんて――」

「変更したほうが、先方はご都合がよろしいようです。十二月二十六日は、佐藤社長の奥様の誕生日ですので」

彼の言葉を遮り、きっぱりと伝えると、眉根を寄せた厳しい表情がわずかに緩んだ。

私はさらに続ける。

「奥様は、自分の誕生日よりも仕事を優先してほしいと長年おっしゃっていて、佐藤社長もその通りにしていたそうです。ですが、次の誕生日で奥様は還暦をお迎えになられることに気づき、今年は奥様と過ごされてはどうかと提案したのです」

不破さんがお墓参りできるように思案していた私は、以前、プロバイドフーズ時代に行った接待で佐藤社長がその話をしていたことを思い出した。先方にとっても日にちをずらしたほうがいいのではないかと思い、一応交渉してみたのだ。

「佐藤社長もずっと奥様に申し訳ない気持ちがあったそうで、『変更していただけるなら、そのほうがありがたい』と」

先方から言われたとなれば、いくら不破さんでも変更せざるを得ないだろう。案の定、彼は驚きと少々の呆れが交ざった顔にすっかり変わり、返す言葉をなくしていた。

形勢逆転したような気持ちで、私も表情を柔らかくして明るめの声を投げかける。

「予定も空いたことですし、社長も大事な場所に行かれてはいかがですか？　もし行く勇気が出ないのなら、私がお供いたします」

言い合う気力もなくしたらしい不破さんは、私の言葉に反応して目線を上げ、ぽつりとこぼす。

「……なんで」

「私は他の人よりも、少しだけ社長の気持ちがわかるつもりです。それに、公私共にあなたのサポートをするのが私の役目ですから」

そう言って口角を上げてみせる私を、彼はじっと見つめる。

その瞳はどこか憂いを帯び、切なげで、かつ冬の夜空のように澄んでいて、とても綺麗。この瞳に春の日差しの暖かさを与えてあげたい、と心から思う。

静かに視線を絡ませたまま、彼の形のいい唇が「アリサ」と動いた。その声にはいつもの力強さが戻っている。

もしかしたら、彼のテリトリーに土足で踏み込んだことへのお叱りを受けるのかもしれない。私は背筋を伸ばして気を引きしめる。

「はい」

「嫁になるか、俺の」

――は？

まったく脈絡のないセリフが飛び出し、私は間抜けな顔でフリーズした。

なにやら衝撃的な言葉が聞こえましたけど。〝嫁〟？　え、プロポーズ？　タイミングおかしいでしょ。っていうか、いろいろおかしいでしょ！

ふざけているとしか思えず、うっかり反応しそうになった心臓を宥《なだ》め、デスクに手をついて声を荒らげる。

「社長、茶化さないでください！　私は真剣に――」

「俺もわりと真剣なんだけどな。お前の男気に惚れた」

片手で頬杖《ほおづえ》をつき、上目遣いで甘く微笑む不破さんのひとことに、宥めていた心臓はあっさり飛び上がった。

ほ、惚れたとか突然言われると反応に困る。本当に本気なのか、いまいち信じられないけれど。

内心あたふたしつつ、熱くなる顔をふいっと背けた。一方の彼は呆れた苦笑を漏らし、諦めた口調で言う。

「アリサには敵《かな》わないよ。こんなに無理やり心を動かそうとしてくるやつは初めてだ。……で、まんまと動かされた」

最後の言葉で私は目を見開き、背けていた顔を元に戻す。

「じゃあ……」

「二十六日、お前も空けといて」

不破さんは少々気恥ずかしいのか、目を合わさずにそう頼む。胸が鳴ると同時に安堵した私は、笑みを浮かべて「承知しました」と答えた。

よかった、お墓参りに行く気になってくれて。それに、私を頼ってくれることも嬉しい。彼の境界線に、片足をかけられたような気がする。

しかし、ご両親との間になにがあったのか、彼がなにを抱えているのか、今はまだわからないし、これからも教えてもらえないかもしれない。私の境界線内には、以前宣言された通り彼が侵入してきていることは確実だけれど、その逆は難しいだろう。

だとしても、この人の心を少しでも軽くするような支えになりたいと、より一層強く思った。

第三条（社長の寵愛権）

振り回されるのは疲れるから、勘弁してほしい。

……そう思っていたはずなのに、私は自ら、不破さんの厄介そうなプライベートの部分に踏み込んでしまった。今や献身的な気持ちで溢れている。

どうしてそうなったかというのは、考えるまでもなくなってきた。じわじわと確実に芽吹いているのだ。彼への愛情が。

二十六日のことで軽く揉《も》めた昨日、帰宅して冷静にここ最近の自分と向き合ってみたら、認めるしかなかった。

頭の中は不破さんのことばかりで、胸がざわめいて仕方ないんだもの。やっぱり私はとっくに恋をしていたのだ。

しかし、学生の頃の〝好き好き大好き！〟みたいな浮ついた感覚はない。魅惑的な笑みとか、真剣な瞳とか、いたずらっぽい顔とか。彼の一挙一動を思い返せば鼓動は速くなるけれど、足はしっかり地についている感じ。

社長室にふたりでいる今も、業務に集中すれば意外と平静に過ごせている。仕事と恋愛、いつの間にか割り切れるようになっていたらしい。

私も大人になったんだな、なんて妙に悦に入っていると、私と同じくデスクワークをしている不破さんが、ふいに問いかけてくる。

「明後日、三時以降はなんの予定もなかったよな？」

恋というフィルターがかかったせいで、至って普通に仕事をしている彼が眩《まぶ》しく見えるものの、動揺せずにスケジュールを確認して答える。

「はい。年末にしては珍しく」

「野暮用ができたから、外出してそのまま直帰する。今回は俺ひとりで行くから」

「え……いいんですか？」

意外な言葉に私はキョトンとした。

野暮用って、なんだろう。北海道出張に同行させられたときから、どこへ行くにもお供するつもりでいたのに。

恋愛のことは一旦頭の隅に置き、小首を傾げて不破さんを見つめると、彼がいない間の私の仕事を申しつけられる。

「その代わり帰るのが遅くなるから、ピーターのエサをやっておいてほしい。ついでに洗濯も」

「あ、ええ。それは構いませんが、社長が不在なのにどうやって部屋に入れば……」

これまで掃除やピーターの遊び相手などを頼まれたときは、だいたい不破さんと一緒に帰宅して部屋にお邪魔していた。彼がいないとなると、どうしたらいいのだろう。

単純な疑問を口にしたそのときだ。おもむろに腰を上げた不破さんの手が、デスクの上に積まれている書類に当たり、窓側の床にバラまかれてしまった。

「わ。大丈夫ですか」

書類を拾おうと反射的に身体が動く。一瞬、なんだかわざと落としたように感じたけれど、気のせいだろうか。

デスクの後ろ側にふたりしてしゃがんで書類を集め始めると、目の前にいる彼が私の顔のそばになにかを近づけてきた。

それに気づいて動きを止め、彼の指がつまむ〝なにか〟に焦点を当てた私は、驚きで目を見開く。

「えっ。これ……!」

「合鍵」

鈍く光る銀色のそれの正体を口にされ、ドキンと心臓が跳ねる。

それと同時にピンときた。ガラス張りのここでは皆に見られる可能性があるから、こうやってデスクに隠れて合鍵を渡すために、書類を落としたのではないかと。

「まさか、これを渡すためにわざと？」

「察しがいいね」

目を細めて確認する私に、彼はいたずらっぽく口角を上げてみせた。

あなた、秘密のオフィスラブごっこでもしているつもりですか。ちょっとキュンとしちゃったでしょうが。

胸がときめくのを感じるも、大事な合鍵を受け取っていいものかとためらう。私は彼女ではなく、ただの秘書なのだから。

「こんな大切なもの……私が預かってしまっていいんでしょうか」

「アリサ以外に渡す女なんかいないよ」

ふ、と軽く微笑んで即答され、胸に矢が刺さったかのような感覚を覚えた。

単純に〝親密な女性はいないよ〟という意味だってことくらいわかっている。わかっているけれど、嬉しくなってしまった。

緩みそうになる唇を結び、ゆっくり鍵に手を伸ばす。仕事中の社員の声が聞こえてくる中、デスクに隠された死角でふたりだけの秘密を共有している気分。

受け取ったそれを大事にぎゅっと握りしめると、不破さんは書類集めを再開し、なにげない調子で言う。

「俺が帰ったら家まで送るから、それまで適当にくつろいでて。冷蔵庫の中のものとかも食べていいし」

へえ。家まで送ってくれるのは初めてじゃないかな。用事が済んだらひとりで帰せばいいものを、待っていろってことは、きっちり合鍵を返してもらいたいのかもしれない。

それにしても、彼の部屋でわが物顔で過ごしていいとなると、なんだか……。

「まるで恋人同士ですね」

呆れにも似た笑いをこぼし、思ったことをそのまま口にした。しかしすぐにはっとして、書類に伸ばした手をぴたりと止める。

うわ、なんか恥ずかしいことを言っちゃったよね⁉　また変な妄想をしていると思われたら困るし、ここはひとまずなかったことにしよう。

身体ごと背け、素知らぬフリでせかせかと書類を集めると、横から不破さんの手が伸びてきた。私の手から書類を取ると同時に、耳元に顔が近づく。

「俺の恋人になったら、それだけじゃ済まさないけどな」

低く艶めいた囁き声が耳に流れ込んできて、予想外の返しに、幾度となく心臓が跳ね上がる。

『それだけじゃ済まさない』って、じゃあなにを……と、これこそ妄想が無駄に掻き立てられてしまう！

ちょいちょいセクシーさを露わにしてくる社長様は、含みのある笑みを浮かべ、合鍵を握りしめた私の右手をぽんぽんと軽く叩きながら、「なくすなよ」と念を押す。

彼はさっさと腰を上げ、なに食わぬ顔をしているけれど、私は床に膝をついたままですぐには動けなかった。

……割り切れるようになっただなんて、前言撤回だ。めちゃくちゃ意識しているし、ドキドキしまくっている。この人はただからかっているだけだろうに。

この先も恋心を抱きながら彼のお世話をすることに、私は一抹の不安を覚えるのだった。


その日の晩、リビングのテーブルにたこ焼き器をセットし、桃花とふたりでたこ焼きパーティーをしていた。

半分焼けた生地を竹串でくるりと返しながら、私はなにげない調子で言う。

「私、気づいちゃった」

「えっ⁉」

私のひとことに、桃花はなぜかドキッとした様子で肩を跳ねさせた。ふたりして手を止め、見つめ合う。

なんでそんなに驚くの？と目をしばたたかせるも、私は続きを口にする。

「不破さんのことが好きだって」

「あ、ああ！　それのこと……って、そうなの⁉　わあ〜、なんか嬉しい！」

胸を撫で下ろしたように見える桃花は、次いで私の恋愛が始まったことを喜んでくれた。それはありがたいけれど、不可思議な桃花の様子が気になりすぎる。

私は眉をひそめ、何事もなかったかのようにたこ焼きをひっくり返す彼女をじっと見つめて問う。

「桃花、さっきちょっと動揺してたよね？」

「えっ。そんなことな――」

「そのあと、あからさまにホッとしたよね？」

「そ、そんなことないって」

ははは、と口元だけで笑う彼女は明らかに変だ。絶対なにかある。

女の勘で確信し、テーブルに身を乗り出した私は、竹串を彼女に向けて迫る。

「なにか隠してることがあるでしょ⁉」

「怖い怖い！　竹串が刃物に見える！」

「はぐらかさない」

「いや、本当に……っていうか、また今度話すから！　今は私のことより麗のほうが大事だよ。久しぶりの恋なんだもん」

身を引き、手の平をこちらに向けて私を制した桃花は、「ほらほら、焦げちゃうよ」とたこ焼きを指差す。

ここまで言わないということは、よっぽど内緒にしておきたい話なんだろうか。だいたいなんでも話してくれる彼女にしては珍しいし、あまり追及しないほうがいいのかも。

「じゃあ、話す気になったら絶対教えてよね」

「はい。必ず」

めちゃくちゃ気になるものの渋々我慢すると、桃花は背筋を伸ばしてしっかりと頷いた。仕方ない、彼女を信じることにしよう。

体勢を元に戻すと共に気を取り直し、たこ焼きをコロコロと転がしながら、久々に恋バナを始める。

「やっぱり不破さんに落ちたかぁ。見込みありそう？」

「さあね……あの人の頭の中はよくわかんないから。気がありそうな言葉をかけられても、からかってるだけのように思えるし」

毎日一緒にいても、彼が私に恋愛感情を持って接しているのか、そればっかりはわからない。信頼してくれているであろうことは伝わってくるけれど。

このまま信頼関係をもっと深めていったら、彼の心を手に入れられるのだろうか。

「特別報酬は、お金じゃないものが欲しいな……」

本音を呟き、いい色に焼けたたこ焼きを自分の皿にのせた。桃花はそんな私を見て、ニンマリと頬を緩める。

「乙女な麗、本当可愛い。キュンとした」

乙女だとか言われるとめちゃくちゃ恥ずかしい。目を逸らし、照れ隠しでせかせかとソースをかけたら、たこ焼きは必要以上に茶色く染まってしまった。

桃花はクスクスと笑い、自分が食べる分を取りながら穏やかな声で言う。

「恋ができただけですごい進歩だけどさ、できることならうまくいってほしいよ。その好きだって気持ち、大切にね」

颯太と別れたときから私を見守ってくれている彼女の言葉には、温かみを感じる。

彼女の言う通り、この想いは簡単に捨てたりせずにしっかり向き合うことを誓い、はにかみつつ「ありがと」と返した。


二日後、不破さんがどこかへ出ていくのを見届け、定時まで会社で仕事をしてから彼のマンションへ向かった。

ここに来るのは慣れていても、合鍵を使って勝手に入るとなると、やはり緊張する。遠慮がちに鍵を開け、一応「お邪魔します……」と声をかけながら部屋に上がった。

たいして散らかっていないが、ソファの背に部屋着がかけられたままになっていたりする。いつも彼からほんのり漂う香りもこの中には充満しているし、本人はいないのにすごく気配を感じる。

ドキドキしつつ足を進め、真っ先に向かうのはピーターがいるケージだ。

「ピーター、元気にしてた？」

鼻をひくひくさせてこちらに近づいてくる。ふわふわの身体を思う存分撫でてから、ケージの中やトイレを綺麗にしてあげた。

その掃除グッズの中に、初めて見る人参の形をしたおもちゃが紛れている。不破さんがピーターのご機嫌を取るために買ったのだろうか。

ちょっと拝借してピーターのそばに置き、しばらく様子を見てみる。……が、まったく興味を示さない。まだ懐かれていないのかもしれないと思うと、気の毒だけれど面白くもあって、ひとり失笑した。

そのあとは頼まれていた洗濯をして、溜まっていたワイシャツにアイロンがけをしておく。

こんなことをやるのは、どう考えても彼女か奥さんでしょ……。

自分の立場がよくわからなくなりつつも、彼のために尽くそうと動く精神はもはや身についている。他になにかしてあげられることはないかと思案すると、夕飯を作っておくという考えが思い浮かんだ。

でも、遅くなるらしいし、夕飯はどこかで済ませてくるかもしれない。第一、料理はお手の物の彼に素人《しろうと》の私が作ったものを食べてもらうというのは、かなりハードルが高い。

どうしようと悩んだ末、ひとまずメッセージを送ってみることにした。

【お疲れさまです。夕飯はどうされますか？　簡単なものしか作れませんが、よろしければ用意しておきますよ】

そう送ったはいいものの、返事が来るまでそわそわしてしまう。

そしてピーターを構いながら待つこと約十分。メッセージが届いた音がしてドキッとすると同時に、すぐさまスマホを手に取った。

【アリサの手料理、食いたい】

そのたったひとことに、胸がキュンとする。

ああ、これだけでこんなに嬉しくなるなんて。肝心なのは料理を食べてもらったあとのリアクションなのに。

彼のメッセージを眺めていると、次いで【キッチンにある食材、なんでも使っていいよ。九時頃には帰る】と送られてきた。六時半の今からなら、充分な時間がある。

「……よし。せめて食べてもらえるものを作らないと」

あまり自信はないものの気合を入れた私は、さっそくキッチンにお邪魔して、冷蔵庫の中を拝見させてもらう。そして「おお」と声を漏らした。

さすがは不破さんだ。いろいろな食材が綺麗にしまってあり、野菜も肉も充実している。なにに使うのかよくわからないものもあるし、見たことのない調味料もそろっている。

興味深く観察しつつメニューを考え、髪をひとつに括ると調理を開始した。

調理器具を探したり、使い勝手が慣れていなかったりして時間がかかったが、八時前にはひと通り作り終わった。

メインの鶏の照り焼きと、煮物や和え物をテーブルに並べてみると、まるでおばあちゃんの家の食卓みたいだ。木彫りの熊を置きたくなるわ。

私の場合、和食が一番作りやすくて失敗が少ないからこうしたのだけど……普通すぎたかも。

誰に対しても容赦のない不破さんのリアクションを想像すると、正直不安しかない。まあ、今さらどうしようもないか。

おそらく今日最後であろう仕事を終え、リビングダイニングのソファにボスッと腰を下ろした。気が緩んだら疲れが出てきたので、ちょっとだけ休ませていただこう。

「はあ。居心地いいソファ……」

黒いレザーの三人がけソファは、適度な弾力があって気持ちがいい。毎日不破さんがここに座っているのだと思うと妙な気分になるも、目を閉じると一気にリラックスできる。

不破さん、今どこでなにをしているんだろう。ひとりで済ませたい用事って、いったいなに？

……とりあえず、早く帰ってきてほしい。


「……リサ……アリサ」

彼のことを考えているはずだった頭の中に、ふいに誰かの声が響いてきた。

私をこう呼ぶ男性はひとりしかいない。でも今、彼はここにはいないわけで……。

ぼんやりとする脳をなんとか回転させようとしていると、髪を撫でられる感覚を覚えた。ピーターを撫でるみたいな、あの優しい手つきで。

「……麗」

同時に、色気の中に甘さを感じる声で鼓膜を揺すられ、一気に頭の中がクリアになった。

ぱっと視界が明るくなり、今まで自分が目を閉じていたことに気づく。その視界の中心に、会いたいと思っていた人が現れた。

「ただいま」

しゃがんで私と視線を合わせている不破さんは、綺麗な笑みをたたえてそう言った。

私は軽くパニックに陥り、慌ててソファから背中を離す。

「あっ、お、おかえりなさい……！　あれ、私、寝てました⁉」

「ぐっすりとね」

クスッと笑われ、顔がかあっと熱くなる。

不細工に違いない寝顔をばっちり見られちゃった……。しかも、髪を撫でられたり名前で呼ばれたりする都合のいい夢まで見ていたみたいだし。

恥ずかしさと決まりの悪さで、しおしおと俯く。

「すみません、本当にくつろいでしまって……」

「いいって。アリサの寝顔見たら、疲れが吹っ飛んだ」

そんなふうに言ってもらえると救われる気がして、トクンと胸が鳴った。

〝寝顔が面白くて〟とかいう残念な理由じゃないといいけど。

目線を上げると、不破さんはいつになく優しい微笑みを浮かべている。それはどことなく覇気がないように思えて、漠然とした不安がよぎる。

彼は疲れを見せることすら稀《まれ》であるため、妙に心配になる。今日の用事は厄介なものだったりしたんだろうか。

「まだ少しだけ浮かない顔をしてますよ。なにかあったのでは？」

真正面から見つめて問いかけると、彼は意表を突かれたように目を丸くする。

「よくそんなことまでわかるね」

「毎日見てますから」

日々、彼の行動や機嫌に気を配ってお世話をしていれば、ちょっとした変化には気がつくようになる。よく見ていることの理由に、ここ最近は若干私情が交ざっていることは内緒だが。

「どうすれば、もっと元気になれますか？」

私にできることは寝顔を見せることだけじゃないはずだ、とリベンジしたい気持ちで言った。

不破さんは真剣さを帯びた表情になっていく。前髪がかかる瞳にも男らしさを感じてドキリとした、そのときだ。

「じゃあ、こうさせて」

彼の右手が背中に回され、そっと抱き寄せられて、私は目を見開いた。

柔らかな髪の毛が頬をくすぐり、より一層強い彼の香りが流れ込んでくる。彼の体温を、逞しさを、初めて身体で感じる。

まさか、抱きしめられるとは思わなかった……！

頭の中がさっき以上のパニックに陥る。

「ちょ、ふ、不破さ……っ！」

「予想通り。お前を抱くと落ち着く」

耳元で吐息交じりに囁かれると同時に、さらにしっかりと抱きすくめられた。

こ、これもピーターを抱っこするのと同じような感覚なんだろうか、彼にとっては。こっちは全然落ち着かない！

暴れまくっている心臓を持て余し、ぎゅっと目を閉じて固まっていると、しばらくして身体が離された。真っ赤になっているであろう顔を上げられない私の頭に、ぽんと手がのせられる。

「ありがと。回復した」

くしゃりと撫でられ、おずおずと目線を上げれば、確かに先ほどより明るくなったように感じる笑顔があった。

突然のハグでめちゃくちゃびっくりしたけど、少しでも気分が落ち着いたなら、まあいいか。なにがあったのかについては、今は触れないでおこう。

心臓がまだまだ高鳴っているのを感じつつ、手ぐしで髪の毛を整えた。

立ち上がった不破さんはキッチンのほうへ向かい、ネクタイを緩めながら、テーブルに並んだ料理を見て声を上げる。

「おー、うまそう」

「お口に合うかわかりませんが、どうぞ」

私も腰を上げてそう言い、時計を見やれば、針は九時五分前を差している。

わざわざ不破さんに送ってもらう必要もなさそうだし、ひとりで帰ろう。このまま
ふたりでいてもドキドキが治まりそうにないし。

「あの、私、これで失礼します。まだ九時ですし、電車で帰れますから。合鍵もお返
ししますね」

おいとましようと、リビングのテーブルに置いていた合鍵をそそくさと取り、不破
さんに近づく。

しかしそれを差し出した瞬間、鍵ではなく手を取られて目を丸くする。

「誰が帰すか」

「は？」

ぶっきらぼうに放たれたひとことに、思わず間抜けな声を返してしまった。握られ
た手も熱くて、再び鼓動が速まる。

「お前も飯まだだろ。一緒に食ってけ」

「でも……」

「せっかく作ってくれた飯、ひとりよりふたりで食べたほうがうまいに決まってる」

当然だという口調で言われ、胸の奥がほんわかと温かくなる。

ああ、この人はきっと、根はとても温情深い人なんだ。そう、なんとなく思った。

遠慮の言葉を出せずにいると、彼は鍵を持った私の手をそっと胸に押し戻す。

「これも、お前が持ってて」

その意味は、単にこれからも自分が不在のときに家のことをやってほしいということなのだろう。それでも、他の誰よりも不破さんに近い存在になれたようで、どうしても嬉しさを隠せない。

口元を緩ませ、素直に「はい」と頷く私に、彼もふわりと笑みを浮かべた。

それからふたりでテーブルに着き、不破さんのために多めに作った料理を分け合って食べた。彼の言った通り、自分が作った料理がいつになく美味しく感じる。

彼に『うまい』と言ってもらえたのが、ふたりで食べているせいだとしても、純粋に幸せに思う。

こんな気持ちを味わえるなら、彼に付き合わされるのも大歓迎だ。

孤独を満たすハニー・キス

師走《しわす》の日々はあっという間に過ぎていき、今日は十二月二十二日。

クリスマスを目前に浮き足立っているような街中を、不破さんとふたりで車を走らせて向かうのは、レストランウェディングも行うフレンチの店だ。もちろんデートなんかではなく、毎日の抜き打ちチェックで。

駐車場に着くと、白を基調とした洋館のようなレストランには、親密そうな男女が出入りしている様子が見える。これじゃ私たちも……。

「まるで恋人同士、だな」

心を読まれたかのような声が聞こえて隣を向けば、彼は少々いたずらっぽく口角を上げている。この間、社長室で私が口にしたのと同じことをわざと言っているに違いない。

からかっているのは明らかで、私は口の端を引きつらせて「……そうですね」と答えた。

でも、ロマンチックな雰囲気が漂うレストランに好きな人とふたりで来たら、否応なく意識してしまう。先日、家まで送ってもらった夜だって、私はドキドキしていたのだ。

不破さんは仕事中にどこかへ移動するとき、自分で社用車を運転して向かうことが多い。秘書になってからの一ヵ月で何度も助手席に乗せてもらっているため、スマートに運転する姿のカッコよさにときめくのにはだいぶ慣れた。しかし、愛車に乗せてもらうのはあのときが初めてだったから、なんとも言えない緊張感があった。

あのときも今も、本当の恋人として彼のそばにいられたらどれだけいいか。

密かにそんな邪念を抱きつつ車を降り、レストランの入口に向かう。すると、先に入ろうとしていた男女のうち、女性のほうに目がいった。

緩いウェーブを描くセミロングの髪、ベージュのコートにミモレ丈のスカート。その姿が桃花によく似ているな……と思い、注視していたら偶然横顔が見えた。

やっぱり桃花だ。夜勤明けの今日は出かけていたって不思議じゃないけれど、ふたりでここに来るような関係の男の人がいたの⁉

驚きのあまり、「桃花！」と声を上げた。隣にいる不破さんも、彼女もこちらを振り向く。ついでに、彼女と手を繋いでいる男性も。

男性の顔が向けられた瞬間、胸の奥でドクンと重い音が響いて、私の表情も身体も強張る。

その人は、四年前に別れた元カレだったから――。

「麗っ!?」

ぱっと手を離した桃花は、驚きと戸惑いが交ざった顔で若干うろたえ、颯太は私と同じく表情を硬くした。

クセ毛っぽいパーマがかかっていた髪は、ややナチュラルになっているけれど、優しげな瞳やカジュアルな服装はそのまま。ただ、四年前よりも男らしさが増したように見える。

そんな彼は気まずそうにしつつも、まっすぐ私を見つめて言う。

「麗……久しぶり」

「あ、うん、久しぶり……ていうか、あれ？　ふたりって、もしかして……」

ぎこちない笑みを浮かべてたどたどしく返しながら、頭の中を整理する。

颯太と桃花も大学時代からの友達だ。今も会っていたってなにも不思議じゃない。でも、ただの友達同士で手を繋いだり、こんなレストランにふたりで来たりするだろうか。

まず、大学を卒業してから桃花が颯太と会っていたということを、私はなにも聞いていない。

混乱して黙り込む私に、桃花はとても申し訳なさそうに頭を下げる。

「ごめん！　ずっと話さなきゃと思ってたんだけど」

「……そっか。桃花が秘密にしてたのって、このことだったんだ」

ついこの間、たこ焼きパーティーをしながら私の恋を打ち明けたときのことを思い出す。

彼女はなにかを隠している様子だった。それが颯太とのことだったというのはわかったけれど、いったいいつからふたりの関係は始まっていたのだろう。

まさか、私が付き合っていた時期と重なっていたりしない、よね？

灰色の煙のようなもやもやが心の中に立ち込めてくるも、言いだせなかった桃花の気持ちもわかる。私は乾いた笑いをこぼし、努めて明るく振る舞う。

「そりゃーできないよね、元カノに相談とか。なんかごめんね、気を使わせて」

「麗……」

「私のことは気にしないで。颯太にはこれっぽっちも未練ないし、桃花の恋も応援したいって思ってるから。本当に」

力強く言いきったが、わざとらしくなってしまっただろうか。

今の言葉は嘘偽りなく本心だ。颯太とこうして再会しても懐かしい以外の感情は湧いてこないし、桃花にも好きな人とうまくいってほしい。ただ、心にくすぶる疑心の煙は、すぐに消すことはできない。

私たちの間に気まずい沈黙が流れ、颯太がフォローするように口を開こうとしたとき、ひと足早く私の隣にいた人物が一歩踏み出した。

いっけない。不破さんの存在をないがしろにしてしまっていた……！

我に返ってギクリとする私をよそに、彼は仕事モードの笑みを浮かべ、懐から取り出した名刺をふたりに差し出す。

「はじめまして。不破と申します」

名刺を受け取った桃花は、はっとした様子で彼を見上げた。この人こそ、噂の超やり手社長だと気づいたのだろう。

不破さんは私たちの不穏な空気をものともせず、今の会話とはまったく関係のないことを言う。

「このレストランにはわが社の人材を派遣しているんですよ。ぜひ料理の評価をしていただいて、率直な感想を有咲にお伝えください」

完全にビジネストークをしたかと思うと、彼は踵を返し、突然私の肩を抱いて身体の向きを変えさせる。

「場所変えよう。フレンチって気分じゃなくなった」

「え、あっ」

歩きだす不破さんに引きずられるようにして、私は駐車場へと引き返していく。

もしや不破さん、私たちのことを考えて場所を変えようと？　確かに、このまま同じレストランにいるのはお互いに気まずいし、機転を利かせてくれてありがたい。

肩を抱かれてよろけながら、桃花たちを振り返って「じゃあね！」と叫ぶ。

桃花がなにかを言いたそうにしているのが見えたけれど、私は少々強引な不破さんにさっさと連れていかれてしまい、聞くことはできなかった。

駐車場に戻り、再び車に乗り込んだ。別のレストランに向かって車を発進させる不破さんに、肩をすくめて謝る。

「すみません。お見苦しいものを見せて、気を使わせてしまって」

「いつものことだよ。気分が変わっただけ」

不破さんは正面を見据えながら平然と言うけれど、それが本心ではないことくらいわかる。さりげない気遣いに、心の中で感謝した。

それもつかの間、彼は遠慮なくズバッと言い当ててくる。

「元カレと友達が、知らない間に親密になってたってとこか」

「うっ……おっしゃる通りです」

はっきり口にされると余計ショックを受け、私は頭を垂れた。

でも彼から切り出してくれたおかげで、こちらも心のもやもやをすんなりと吐き出すことができる。

「元カレとはもうなんの関係もないので、あの子が好きになっても一向に構わないんです。ただ、やっぱり内緒にされていたのは悲しいし、なにか裏があるんじゃないかと思ってしまって……。一緒に住んでるから、なおさら」

相手が颯太だというのはもちろん衝撃だったが、それより、桃花とはどんなことも話せる間柄だと信じていたから、彼女がこんな秘密を抱えていたと知って動揺しまくっているのだ。

ふたりはいつからお互いを好きになって、いつから親しくなっていたんだろう。いずれにせよ、桃花はこれまで私にたくさん遠慮していたに違いない。

「クリスマスも一緒に遊ぶ予定だったけど、本当は好きな人と過ごしたいんじゃないかな……」

窓の向こうに流れていく、街中の大きなツリーやサンタクロースの装飾をぼんやり眺め、独り言のように力なく呟いた。

優しい桃花は、颯太よりも私を優先してくれたのだと思う。今はその優しさがちょっとだけ苦しくて、複雑な心境でいっぱいだ。

こちらを横目で一瞥した不破さんは、私の話を黙って聞いているだけで、そのあとはなにもツッコんでくることはなかった。


別の和食屋で昼食をいただいてオフィスに戻ってから、私は気を紛らわせるためにとにかく仕事に没頭した。

エイミーや武蔵さんが忙しそうにしていたので、私にもできる業務を引き受けたりして、ただ今久々に残業中。不破さんはさっさと帰ってしまったし、ひとりでマイペースにこなしている。

あのあと、桃花から【黙ってて本当にごめんね。ちゃんと話すから】とメッセージが来たが、正直、今は話を聞く勇気が持てない。

だって万が一、颯太が私と付き合っている頃から、桃花とも関係を持っていたら？

私たちが別れたとき、慰めてくれていた彼女が心の中では〝よかった〟と思っていたとしたら？

悪いほうにばかり考えて、本心を打ち明けられたら大切な友情が壊れてしまうかもしれない、と恐れているのだ。隠さないでほしいとも思っているし、矛盾しているけれど。

きりのいいところで、マウスを動かしていた手をスマホに移し、先ほど彼女とやり取りしていたメッセージを見返してみる。

【今日は残業で遅くなりそう。桃花は明日も仕事だし、先に休んでてね】

遠回しに、今日は話を聞けないということを匂わせた自分の文を見て、大きなため息を吐き出した。

桃花が待つ家に帰るのが、こんなにも気まずいと感じたことは一度もない。かといって実家には帰れないし、他に頼れる友達はひとりもいない。

「私って、本当に寂しい女なんだな……」

自嘲する笑みと共に、自虐的な独り言をこぼした。

社会人になり、ブラックな会社に忙殺されていた私にとって桃花は唯一の癒やしであり、なくてはならない存在だった。親や友達と疎遠になっても、颯太と別れても、彼女がいたから笑っていられた。

そんな彼女をなくしたら、私に残っているものは結局仕事だけだ。話し相手になってくれるわけでも、笑顔を向けてくれるわけでもない、仕事だけ。

改めて自分が孤独だと実感すると、無性に虚しさと悲しみに襲われ、じわりと涙が込み上げる。遠くのほうから聞こえる、エイミーの「やっと終わったー」という明るい声を耳に入れつつ、デスクに肘をついてうなだれた。

そのとき、スマホが軽やかな音をたてる。きっと桃花からの返信だろう。

重い身体を動かしてスマホを確認した私は、予想とは違っていた名前を見て、首を傾げた。

「不破さん?」

意外な人物からのメッセージは、【今どこにいる?】という端的なもの。突然居場所を聞いてくるとは、どうしたんだろうか。

「〝まだ会社ですが、なにかご用ですか?〟っと……。……え、早っ」

送信してスマホを置いた数秒後、再び音が鳴ったので目を丸くした。彼の返信を見て若干脱力する。

【終わったら家に来てくれ】

なんだ、また時間外労働ですか……。明日から連休だし、颯爽と帰っていったところからしてなにか用事があるのだろうから、今日は呼び出されることはないと思っていたのに。

まあ、ここ以外にいる場所もないし、ありがたいか。好きな人と過ごせると思えば、むしろ幸せかも。

断る理由はなく、時間を確認して【七時頃には着くと思います】と送信した。


仕事を終え、ほぼ時間通りに不破さんの部屋に着いた。黒いドアの前に立ってインターホンを押し、これから申しつけられるだろう用事をあれこれ予想しながら待つ。

しばらくしてガチャリとドアが開けられ、まだワイシャツ姿の彼が現れた。ネクタイと首元のボタンは外されていて、そのセクシーなラフさにドキッとする。

「お疲れ。悪いな、急に呼び出して」

「いえ、今日は働きたい気分だったので」

私が苦笑交じりにこう言う理由を、鋭い不破さんはきっとわかっているだろう。やや含みのある笑みを浮かべ、私を中へと促した。

彼のあとに続いてキッチンに近づくにつれ、食欲をそそるバターやガーリックのような香りが鼻をかすめ、お腹の虫が小さく鳴く。夕飯の準備をしていたのだろうか。

「すごくいい匂いがしますね。お料理中でした、か……」

言いながらダイニングテーブルに目を向けた私は、目と口をあんぐりと開いた。色鮮やかなテリーヌやサーモンが品よく盛りつけられたひと皿や、ローストビーフやソテーなどの美味しそうで豪華な料理が並べられていたから。まるで、フレンチレストランのひと足早いクリスマスディナーだ。

「わあ……すごい！　完全にお店じゃないですか！」

興奮のあまり叫んでしまった。シェフだったなら作れて当然だとしても、やっぱりめちゃくちゃ尊敬する。

口元に手を当て、感動しまくりながらまじまじと料理を眺めていると、不破さんは穏やかな笑みを浮かべて言う。

「今夜の用事はこれ。一緒に食べてくれるか？」

トクン、と胸が優しく波打つ。

真顔になって、料理から不破さんへと視線を移す私に、彼はいたずらっぽく口角を上げ、「働きたい気分のところ悪いが」と付け加えた。

まさか、今日さっさと帰ったのはこの料理を準備するため？　最初から私と食べるつもりで？

「どうして……」

不破さんの計らいはとても嬉しいが、その意図がわからない。

彼は困惑する私と距離を詰め、人差し指をこちらに近づけてくる。ギョッとして反射的に目を瞑ると、眉間を軽くツンと突かれた。

「ずっとここにシワ寄せて根を詰めてたから、気晴らしさせてやりたくなって。家にも帰りづらいんだろうし」

その言葉で、昼間の一件から思い悩んでいた私の心情を、彼はよく理解してくれていたことに気づかされた。

不破さんってば、私のことを気にかける素振りなんか、会社ではまったく見せなかったのに。なんでいつも助けてくれるの……。

「誰かのために料理作ったの、すげぇ久しぶりだよ。どうぞ、座って」

彼が椅子を引いて促すものの、私の足は力が抜けたみたいに動かない。俯き、今にも泣きそうな私に、やや心配そうな声が届く。

「アリサ？」

「……不安、なんです。一番大事な親友との仲がこじれたらどうしようって」

白いフローリングに視線を落としたまま、ぽつりと本音をこぼした。

私の事情を知っているのが不破さんしかいないせいか、はたまた私の心が彼に寄りかかりたがっているのか、抱え込んでいた思いが次々と溢れる。

「あの子はきっと、ずっと言えなくて悩んでたはずなんです。私はそれに気づいてあげることができなかった。だったら、せめてちゃんと彼女の話を聞くべきなのに、自分のことしか考えず逃げてしまって……。逃げたって、飛び込めるのは仕事しかないのに」

不破さんの反応も気にせず、ひと思いに吐き出す。一番近くにいたのに彼女のことを理解できていなかった自分にも、自己中で憶病な自分にも失望して、涙がひと粒頬を伝った。

人前で泣いたのはいつぶりだろう。ブラックな会社で鍛えられてから、泣くこと自体が稀だ。だが、いくら忍耐強くなったとしてもそれは仕事の面だけで、人間関係においては私の心はこんなにもろかったのだと初めて気がついた。

下唇を噛み、鼻をすする。不破さんはテーブルに置いてあった赤ワインのボトルをおもむろに手に取り、ワイングラスに注ぎながら優しい声色で言う。

「都合が悪いときに仕事に逃げるのは、なにもお前だけじゃないぞ」

頬を濡らしたまま目線を上げた私は、珍しくバツが悪そうに苦笑する不破さんを見て、はっとした。

そういえば、彼もご両親のお墓参りに行くのをためらって、毎年仕事を入れていたんだっけ。ちょっぴり似たものを感じる。

彼はボトルを置き、こちらに向かってゆっくり足を進める。

「いいんだよ、たまには逃げたって。自分の気持ちに整理がつかないまま向き合っても、うまくいくとは限らない。でも本当の友達なら、彼女もお前と同じ気持ちなんじゃないか」

落ち着いた声で諭され、心の強張りがわずかにほぐれていくのがわかった。

確かに、友情が壊れてしまわないかと不安になっているのは、きっと桃花も同じだ。もしかしたら彼女は私以上に怯《おび》えているかもしれない。

そう考えると、やっぱりちゃんと話をしなければと思い直すことができる。どんな事情が語られても受け入れる覚悟を決めよう。一番の友達として、彼女を好きな気持ちは変わらないから。

目の前で足を止めた彼は、その漆黒の瞳で私をしっかりと捉えた。見えない手で私を支えるかのように。

「つらいときは俺のところに来ればいい。最初に言っただろ、受け止めてやるって」

力強い言葉に、心も涙腺も緩んでさらに涙が溢れた。

私の世界は、決して自分ひとりで作られているわけではないのだと、当たり前のことに気づかされる。

避難場所となってくれるのも桃花だけじゃない。そう思うと大きな安堵感に包まれた。不破さんが、私をひとりにさせないでくれることが嬉しい。

「ありがとう、ございます。不破さんが、そばにいてくれてよかった……」

ぽろぽろ涙をこぼしながら、上ずる声で素直な想いを口にした。

どうしよう。こんなときなのに、この人が好きだという気持ちがどんどん膨れて抑えられない。

常に大胆不敵で、謎も多いし、振り回されることも多々あるけれど、実は周りの人たちをよく見ていて、たぶん誰よりも人のことを考えている。

そんな彼を尊敬しているし、とても愛《いと》おしく想う。私も彼のすべてを受け止められる存在になりたいし、四六時中そばにいたい。

弱っているときに優しくされたせいか、これまでにないくらい胸を焦がしている自分に戸惑いつつ、涙を拭ってへらりと照れ笑いを浮かべた。

すると、骨張った右手が私の頬にあてがわれ、ピクッと肩が跳ねる。目線を上げれば、真剣さとわずかに熱を帯びた瞳が私を見つめている。

その視線に絡め取られるような感覚を覚えたとき、彼の唇が動いた。

「そんなに好きか、俺のことが」

まさかのひとことに、心臓が大きくジャンプした。なぜか確信している様子だし! 今す、『好きか』って……なんでバレたのー⁉ いや、そんなわけないか。

思っていたことが無意識に口から出ていた? 瞳孔が開いているんじゃ、と思いつつ黒
一瞬にして涙が止まり、内心パニクる私。

目を横に泳がせ、一応しらを切ってみる。

「そ、そんなこと、ひとことも言ってな――」

「お前の全身から溢れ出てるように感じるけど」

目を逸らすなとばかりに両手で頬を包み込まれ、さらにこんなふうに言いきられたら、もう悪あがきはできない。

顔が沸騰するくらい熱くなるのを自覚しながら眉を下げ、か細い声で白状する。

「っ……どうして、いつも私の考えてることがわかっちゃうんですか……」

秘書に恋愛感情を持たれたら厄介だと思われるかもしれないが、バレてしまったものは仕方ない。

私って、ここまでわかりやすい人間だったんだろうか。それとも、不破さんの勘が

鋭いから見抜けるのか。

「そうだったらいいなって思ってるから、かな」

次いで彼の口から出た答えは予想のどちらとも違っていて、私は目を見開いた。

私に好意を持たれても迷惑じゃないの？　むしろ、それを望んでいるということ？

自分に都合よく解釈する他なくて、ドキドキと胸がときめきだす。どこか色っぽくて美麗な顔を凝視していると、伏し目がちになったそれがこちらに近づいてくる。

あ——と思った瞬間には、唇が柔らかな熱に包まれていた。

う、そ……私、キス、してる。不破さんと。

この感覚は初めてじゃない。なのに、まるでこれがファーストキスかというほど息ができなくて、心臓が張り裂けそう。

衝撃を受けている間に、触れただけの唇が離されたものの、私たちの前髪はまだくっついている。

一度視線を絡ませ、お互いの想いを探るような間があったあと、再びゆっくりと唇を重ねられた。今度は目を閉じて、しっかりと彼を感じる。

頬に当てられていた手は後頭部と腰に回され、さらに密着すると共に、口づけが濃度を増していく。

……不破さんって、こんなキスをするんだ。優しくて、とろけるほどに甘い、蜂蜜みたいな。

どうして彼が私にキスをしているのか、その理由が容易にわかるくらい気持ちが込められているように感じて、身体の奥から高揚する。

しばらくお互いの唇を味わったあと、小さなリップ音をたてて甘美な雨がやんだ。

「っ、はあ……」と吐息を漏らし、骨抜きにされてふらつく身体を支えるため、彼のシャツをきゅっと掴む。

熱に浮かされた気分で遠慮がちに目線を上げれば、欲情を含んだ色気溢れる笑みをたたえた彼がいる。濡れた唇が、ものすごく官能的だ。

「アリサの色っぽい顔、お目にかかれて嬉しいよ」

不破さんは私の腰をしっかり抱いたまま、満足そうに言った。羞恥心と、少しの不満が湧いてきて、私は口を尖《とが》らせる。

「その呼び方、やめてください……。他の女性の名前を呼んでる気がしちゃうので」

やっぱりちゃんと名前で呼んでもらいたい、という乙女心に任せて正直に物申すと、彼は一瞬キョトンとしたあと、ぷっと吹き出した。

からかっているのではなく、なんだか嬉しそうに、愛おしそうに笑うから、否応なくキュンとさせられる。

「最高に可愛いな、お前」

しかもこんなセリフを口にされて、たまらないといったふうに抱きしめられたら、喜ばない女はいないだろう。

逞しい腕の中でひとときの幸せを噛みしめていると、耳元で甘い声が囁く。

「お気に召すまで呼ぶよ。……麗」

ただ名前を呼ばれただけなのに、耳から全身に恍惚《こうこつ》と満悦が広がっていく。これだけで、自分が不破さんの特別になれた気になってしまう。

桃花とのことも解決していないし、せっかくの手料理も冷めてしまうし、彼の本心をしっかり確かめたい気持ちもある。やらなければならないことはたくさんある。けれど……今はただただ愉悦に浸っていたい。

少々後ろめたくなりつつも、諸々はしばし後回し。

私も彼の背中に手を回して、ひたすら強く抱きしめ合った。

聖なる夜には甘い独占契約を

シェフの経験を持つ不破さんが作った料理は、期待を裏切らず最高に美味しかった。冗談じゃなく、お金を払いたくなるくらい。

キスのおかげで胸がいっぱいで食べ物は喉を通りそうになかったのに、食べ始めたらぺろりと平らげてしまった。

そう、あのキスはなんだったのか。あのあとも不破さんの態度はいつもとまったく変わらず、その件に触れもしないから、夢だったのではと錯覚しそうになる。やっぱりこの社長様はよくわからない。

ただ、お腹と孤独感が満たされたことで、私の気持ちに余裕が生まれたのは確かだ。桃花に会って、きちんと向き合おうという心構えができた。

凛とした冬の夜の空気に似たシャキッとした気分になり、食器の後片づけを手伝うと、送ってくれるという不破さんのお言葉に甘えて車に乗り込んだ。

三十分ほどでマンションに着き、シートベルトを外して心からお礼を言う。

「今日は本当にありがとうございました。お料理とっても美味しかったです。私だけワインをいただいて、すみません」

「いいよ、また今度付き合ってくれれば」

不破さんは小さく首を横に振り、さりげなく条件を加える。〝今度〟があることが嬉しくて、私は口元を緩めて「喜んで」と答えた。

こんな締まりのない顔をしていたら、また気持ちがダダ漏れになっているかもしれない。少々恥ずかしくなり、そそくさと降りることにする。

「じゃあ、また月曜日に」

「麗」

ドアに手をかけると同時に、まだ慣れない名前呼びにドキリとして振り向く。その瞬間、不破さんの右手に頭を引き寄せられ、唇が触れ合った。

突然のキスに驚き、まばたきすらできなかった。触れるだけで唇は離され、じわじわと甘さを感じながら彼を見つめる。

どこか憂いを帯びていて、なにか言いたげな神妙な表情。それがあたかも別れを惜しんでいるように思えて、胸がきゅうっと締めつけられた。

さっきも今も、どうしてキスをしたのかはっきり理由を聞けないのは、きっとこうやって自分に都合のいい解釈をしていたいからだ。私はなんてズルい女なんだろう。

切なさともどかしさを入り交じらせていると、不破さんは私の頭をくしゃくしゃと撫で、口角を上げる。

「友達とのわだかまり、なくしてこいよ。おやすみ」

「はい……おやすみなさい」

やっぱり、キスについては触れないのか……この人もズルい男だ。でも、そんな彼にハマってしまったんだもの、仕方ない。

名残惜しさを感じているのは私のほうだと自覚しつつ、ぺこりと頭を下げて、今度こそ車を降りた。

私が部屋に入るまで見守っているつもりらしく、車は停まったまま。三階の外廊下からそれを見下ろし、彼の気遣いに感謝してドアに向き直った。

中の明かりがついているから、桃花は起きているだろう。ここからは気持ちを切り替えなくては。

ひとつ深呼吸して、ドアの鍵を開けた。

「ただいま」

いつもと同じ調子で声をかけてパンプスを脱いでいると、バタバタと足音が近づいてくる。リビングに繋がるドアが勢いよく開けられ、今にも泣きそうな顔をしている桃花が現れた。

「麗！　よかった、帰ってきてくれて……！」

「ごめん。待ってた？」

「当たり前じゃん！　麗に嫌な思いさせちゃったなとか、嫌われたらどうしようとか考えてたら、寝られるわけないよ」

肩を落とす彼女からは、不安でいっぱいだったのであろうことが見て取れる。不破さんの言う通り、私と同じ気持ちでいてくれたことにホッとしながら、しっかりと向き合う。

「桃花の話、ちゃんと聞きます」

「私も、ちゃんと話します」

お互いに改まって頭を下げ、顔を見合わせた私たちは、ふっと笑みをこぼした。それだけで、わだかまりが心なしか薄れた気がした。


リビングに移動し、私は着替えもせず定位置のクッションに座る。桃花は私の分の紅茶を淹《い》れてくれて、いつもの斜めの位置に着いたところで、単刀直入に切り出した。

「実は、私も颯ちゃんのことが好きだったんだ。……大学の頃から」

「ええっ⁉」

それは衝撃的な告白で、私は思わず身を乗り出して叫んでしまった。

大学って、私たちが付き合い始めた頃でしょう？　まさかそんな昔から好きだったなんて、当時もまったく感づいていなかった。

あんぐりと口を開けて固まる私に、桃花は慌ててフォローする。

「勘違いしないでよ！　颯ちゃんを奪おうとか、麗のことを憎んだりなんかしてないから！　まあ、羨ましくはあったけどね、すごく」

苦笑する彼女の言葉は、きっとどれも本心だろう。私は自分の鈍感さに呆れ、同時に罪悪感にさいなまれる。

「じゃあ、ずっと苦しかったよね。全然気づかなくって、本当ごめん……」

「謝らないで。麗はなにも悪くないよ」

肩をすくめて俯く私に桃花はきっぱりと言い、さらに続ける。

「麗は気さくで思いやりがあって頑張り屋で、美人なのにそれを鼻にかけたりもしない。自慢の友達だもん、颯ちゃんが麗を選ぶのは当然だと思った。おかげで吹っきれたし、ずっとうまくいってほしいとも思ってた」

「私、そんないい女じゃないよ」

桃花が褒めすぎなので口を挟むと、彼女は「私から見たらそうなの」と言いきって笑った。

「実際、ふたりが別れて、去年のOB会で颯ちゃんに会うまでは未練もなかったの。彼氏がいた時期もあったしね」

確かに、桃花には二年前まで彼氏がいた。それから『しばらく恋愛はいいや〜』と言っていて、お互い女子ふたりの生活にどっぷり浸かっていると思っていたのだが、どうやら彼女は違っていたらしい。

そういえば去年、サークルをやっていた仲間での集まりに誘われたことを思い出す。

「OB会って、私が仕事で行けなかったときの？」

「そう。あのとき久々に颯ちゃんに会って話をしたら、大学時代の頃の気持ちがぶり返してきちゃって……。不思議だよね、麗から颯ちゃんとの話を聞いても全然平気だったのに」

複雑そうな笑みを浮かべる彼女の気持ちには、なんとなく共感できた。

好きだった人の顔を実際に見て、声を聞いて、彼の視界に自分が入っていることを肌で感じたら、想いが募るのは自然なことだ。恋愛感情を押し殺した相手なら、なおのことだろう。

「そこで連絡先を交換して、しばらくはメッセージでやり取りをしてたの。そうしてるうちにだんだん物足りなくなってきて、颯ちゃんからも会いたいって言われるようになった」

颯太も、学生時代とはまた違う視点から桃花を見て、惹《ひ》かれていったんだろうな。それもまた自然なこと。

「でも、このことを麗が知ったらどう思うだろうって考えると、どうしても言えなくて……」

桃花の表情は苦しげなものに変わり、言葉を詰まらせる。その心情もわかるから、私は真摯に相づちを打って耳を傾ける。

「内緒で一回会ったら、罪悪感でいっぱいになった。なのに、颯ちゃんと仲を深められたことが嬉しかったのも事実で。それで今日、麗と会う前に告白、されて……」

「えっ。まだ付き合ってなかったの⁉」

頷いて聞いていた私は、正直な気持ちを吐露する桃花に再び茶々を入れてしまった。

彼女は目をしばたたかせて答える。

「うん。だって、今日会ったのが二回目だし」

「ピュアだなぁ……」

思いのほか初々《ういうい》しくて、なんだか肩の力が抜ける。これまで何度も会っていて、とっくに付き合っているものだとばかり思っていたから。

よく考えてみれば、草食系の颯太がガツガツするわけないか。今日も手を繋ぐので精いっぱいだったのかも。

ひとり納得する私の前で、桃花は颯太の告白を思い出したのか、小さくなって若干頬を染めていた。可愛いな、とほっこりしながら問いかける。

「で、返事は？」

「保留。麗に全部打ち明けてからにしたかったから。颯ちゃんもそれは重々承知してるから、待ってくれてるよ」

「そっか」

きっと今日私たちが遭遇しなくても、桃花は覚悟が決まったときにこうやって話すつもりだったはず。心に余裕が出てきた今はそう信じられる。

温かいティーカップを両手で持ち、紅茶に口をつける私に、桃花は再び眉を下げて謝る。

「ずっと黙ってて、本当にごめん。あんなふうに知ったら、誰だって嫌な気分になるよね。しかも、友達の元カレと、なんて……。軽蔑した？」

耳が垂れ下がった犬みたいにシュンとするから、私は彼女を元気づけたくて、あっけらかんと笑い飛ばした。

「するわけないじゃん。桃花が言いだせなかったのもよくわかるし、自分のことばっかりで桃花のことをわかってあげられてなかった私も私だし」

いろいろと反省しつつ、明るい声色で「それに」と続ける。

「桃花と颯太が誰を好きになろうと自由でしょ。私が口を出す権利もないし、そもそもなんの文句もないよ。私が不安だったのは、桃花と一緒に笑っていられなくなったらどうしようって、それだけだったから」

「……私も、麗に嫌われたらって思うと、すごく怖かった」

交互に心のうちを吐き出し、小さく笑い合った。気分も身体も軽くなり、わだかまりが消えていく。

「もう遠慮しないでいいからね。私は不破さんしか見えてないから、心配しないで」

「麗～」

半泣きで甘えたように抱きついてくる桃花を、笑いながらしっかり受け止めた。

どさくさに紛れて恥ずかしいことを言った気がするけど、もうなんだっていい。私たちの仲が元通りになって、本当によかった。

女の友情は、面倒くさいことも厄介なことも多々ある。それでも、桃花とはこれからもずっとまっすぐ向き合っていこうと、心に誓った。


それから、私たちは学生時代のように久々の恋バナで盛り上がった。

そこで議論したのは、クリスマスは当初の予定通り女子ふたりで過ごすのか、ということ。

どうやら桃花は本当に私と過ごすつもりで休みを取ってくれたらしいけれど、それはお互いに相手がいないと思っていたからこその予定であって、遊ぶことはいつでもできる。せっかく颯太に告白されたのだし、イブから会ってふたりで初めてのクリスマスを迎えたほうがいいんじゃないかと思ったのだ。

この提案をすると、桃花は意味深な笑みを浮かべて言った。

『じゃあ、麗も不破さんと過ごしたほうがいいんじゃない？』と。

正直、そうできたらいいなという願望はあるものの、あの人的にはどうだか……。

ひと晩悩み、クリスマスイブの朝を迎えたところで、とりあえず本人に聞いてみることにした。

桃花が仕事に行ったあと、ひとりになった部屋のベッドに座り、【明日、会えますか？』とストレートにメッセージを送る。

そわそわして、いても立ってもいられず、掃除をして待つこと数分。着信音が鳴り始めてドキッとした。

電話だ。もちろん初めてではないが、プライベートな用事でかけたことはないから妙に緊張する。

ひとつ咳払《せきばら》いをして「はい」と出ると、怪訝そうな第一声が投げかけられる。

『友達と仲直りできなかったのか？』

ああ。ちゃんと報告しなかったから、まだ悩んでいるのかと思われちゃうよね。でも心配してくれていることが嬉しくて、密かに笑みがこぼれる。

「仲直りできたから、彼と過ごしなよって言ったんです」

『なるほど。お前はまたひとりぼっちってことね』

うぐ、と言葉に詰まり、口の端を引きつらせる私。

この社長様は本当に遠慮がないな……間違ってはいないけど。

しかし、私はひとりで寂しいから不破さんと会いたいわけじゃない。好きだから会いたいのだ。

それを伝えようかどうしようかと悶々《もんもん》としていたとき、彼の柔らかな声が届く。

『映画でも観に行くか』

願ってもない提案に、現金な私はぱあっと表情を明るくし、それと同じ声で「はい！」と返事をする。

嬉しさを隠せていない私に気づいたのか、電話の向こうで小さな笑い声が聞こえた。

翌日、午後二時に恵比寿《えびす》駅に集合した。改札を出たところで不破さんが待っていてくれて、ご無沙汰だったこの待ち合わせのシチュエーションにすらドキドキしてしまった。

思えば、不破さんの私服姿を見たのは四年ぶり。昔も今も洗練されたセンスのよさは相変わらずで、チェスターコートに黒のスキニーを合わせた今日のスタイルも文句のつけどころがない。

私はいつもより少し女子力高めのニットワンピを着て、ストレートロングの髪の毛も緩く巻いてみた。思いっきりデート仕様だけれど、意識してもらいたいがための苦肉の策だからと開き直っている。

まずは映画館へ向かい、人気漫画の実写化が気になると意気投合し、迷わずそれを観ることが決まった。

映画が始まるまで、このキャラにあの俳優はハマるのかとか、展開は変わってくるのかとか、あーだこーだと言い合って。館内が暗くなると、ちょっとしたことを話すにも顔を近づけて囁いたり、同じシーンで笑って目を見合わせたり。

そういえば映画デートってこんな感じだったな、と終始胸をときめかせ、映画の展開よりも隣の彼のほうが気になってしまった。

そのあとは、落ち着いた高級感漂うレストランで、めちゃくちゃ美味しいステーキをごちそうしてもらった。クリスマスイブ当日にもかかわらず、不破さんの知り合いだという店のオーナーの口利きで席を確保できたらしい。社長様のコネやお力はさすがだ。

お肉はミディアムレアで、ナイフを入れればスッと切れるくらい柔らかく、頬張った瞬間に肉汁が溢れる。瞬時に幸福感で満たされたけれど、それは高級な牛肉を食べたからというだけではない。

不破さんと、普通の恋人さながらにデートしていることが夢みたいで、想像以上に楽しいから。

彼は私とこんなふうにしていて、どう思っているのだろう。たまたまなんの予定もない休日だったから、今日会ってくれたのはただの暇潰しなのだろうか。

たわいない話はあり余るほどできるのに、肝心なことを聞く勇気が出ない。キスをした仲なのに……いや、キスをしたからこそ、余計複雑に考えてしまっているのだ。

意気地なしの自分に辟易《へきえき》したまま、彼とのクリスマスが終わりに近づいていく。帰る前に、せっかくなので恵比寿の街を彩るイルミネーションを見ていくことになった。

無数のシャンパンゴールドの光に包まれる幻想的な広場を歩き、大きなクリスマスツリーを目指す。

当然ながら周りはカップルばかりで、彼と曖昧な関係でしかない自分がいたたまれなくなる。最初は彼の隣を歩くだけで幸せだったのに、今はそれだけでは物足りないと思うなんて。

どんどん贅沢になるな……と、やり場のない右手でショルダーバッグの肩紐《かたひも》をぎゅっと握ったとき、前方から歩いてくるカップルがふと目に留まった。

まったく知らない人だと思ったのは一瞬で、すぐにはっとして目を見開く。それは私だけでなく、相手も同じ。

「あれっ、麗⁉」

「ええ〜、桃花！」

偶然行き会ったのは、またしても桃花と颯太だったのだ。なんとふたりもここでデートしていたらしい。

出かける前にも見たオシャレしたお互いに、こうやって会うのは気恥ずかしいうえ、不破さんが「どんだけ気が合うんだよ、お前ら」と呟くから大笑いした。

少し興奮を落ち着けて、今日はずっと手を繋ぎ合っている桃花に一応確認してみる。

「ちゃんと付き合うことになったの？」

「……うん」

照れながらもしっかり頷いた彼女に、私もホッとして笑みがこぼれた。

すると、颯太が私にまっすぐ視線を向け、「麗」と呼びかける。その瞳には、私と付き合っていた頃とは違う男らしさがかいま見える。

「今回のことは僕に責任があるんだ。無神経なことして、桃花と気まずい思いをさせて、本当にごめ――」

「待った」

険しい表情で頭を下げようとする颯太の言葉を遮り、私はきっぱりと断言する。

「この間も言ったけど、私、まったく颯太に未練ないから。もう四年も経ってるんだよ？　あんたが誰を好きになろうと自由だし、私に謝る必要なんかないでしょ」

優しい颯太が罪悪感を抱くのもわかる。でも、私が今も颯太を好きなわけではないし、元カノの友達と恋に落ちたってなにも悪いことではない。

むしろ、ふたりが恋人になってよかったと思う。ふたりとも私にとっては特別で、素敵な人だから、心から応援するよ。

「それより、桃花にいーっぱい愛情を注いであげて。ずっと仲良くね」

「……うん。ありがとう」

エールを送る私に、颯太もやっと笑顔を見せた。

寄り添って照れたように笑い合う彼らを見ていると、ふたりはこうなるのが運命だったんだろうな、と感じる。颯太には私より桃花のほうがお似合いだ。

スッキリとした気分で不破さんを見上げ、「行きましょう」と告げる。頷いた彼は、桃花たちに「お幸せに」とひと声かけ、会釈をして歩きだした。

桃花たちとは反対方向にゆっくり歩きながら、不破さんが微笑を浮かべて言う。

「やっぱ男前だな、麗は」

「どこがですか」

「でも、本当にあいつに未練ないのか?」

軽く笑って返した私は、そう確認されて、まじまじとポーカーフェイスの彼を見上げる。

つい一昨日は、『そんなに好きか、俺のことが』と自信ありげに言っていたくせに疑っているのだろうか。

なんとなく聞いただけかもしれないが、きっちりと否定しておきたくて、私は力強く言い返す。

「ないに決まってるじゃないですか。今、私には、元カレなんてどうだっていいって思うくらい好きな、人が……」

しまった、勢いで恥ずかしいことを……。

徐々に視線を落とすと共に歯切れが悪くなり、俯きがちに「おわかりでしょう？」と呟いた。

やり手な不破さんのことだ。もしこれを言わせたかったのだとしたら、してやられたな、とちょっぴり悔しくなっていると、ふいに右手が温かくなる。

「ならよかった」

私の手を取った不破さんは、満足げにゆるりと口角を上げていた。望んだ通りに手を繋がれ、心許なさが消えていく。

「それでも、昔の男に会わせるのはいい気しねぇけど」

次いで、少々ぶっきらぼうな口調でぼやくと同時に指を絡められ、心臓が軽やかに揺れ動いた。

まさか、ちょっと嫉妬してくれているのだろうか。だとすると、突然恋人繋ぎをしたのも独占欲の表れのように思えて、嬉しさが込み上げてくる。

とてもいいシチュエーションなのに、私は照れ隠しで茶化してしまう。

「不破さんも手を繋いだりするんですね」

「するけど？」

「なんか、普通のカップルみたいなことはしないだろうなってイメージが」

「なんだそれ」

不破さんのツッコミにクスクス笑っていると、彼がふいに足を止めた。いつの間にかクリスマスツリーはすぐそこにあり、たくさんのカップルが写真を撮り合っている。

皆がツリーを眺める中、私たちだけは向き合って視線を絡ませる。彼は宝石さながらの輝きをまとった瞳で私を捉え、口を開いた。

「普通の男だよ、俺は。いつもは真面目で仕事も完璧にこなすのに、実は寂しがり屋で、俺の前で泣くお前も可愛いと思うし、そんな姿を他の男の目には触れさせたくないとも思う」

──プレゼントを開けたみたいに、欲しかった言葉が次々と飛び出す。私は目を丸くし、信じられない気持ちでそれを受け止めるだけ。

なんの声も出せずにいる私に、彼は冷静さの中に色欲を交じらせた雄の表情をして続ける。

「今だって、このまま帰さずに……もっと言えば、すぐにでも抱きたいと思ってる」

ストレートな言葉に心臓が大きく跳ね、冷えていた全身が一気に熱を持ち始めた。

……不破さん、私にはもう告白にしか聞こえませんよ。私をひとりの女として想ってくれているのだと、解釈していいんですよね？

雲のように捉えどころのない彼を、今はこの手で掴むことができている。このまま離さないよう、繋いだ手に力を込めた。

「……じゃあ、そうしてください」

クリスマスの魔法にかけられたかのごとく、ピンク色に彩った唇から大胆な気持ちが溢れ出る。そんな私に、彼は熱視線を送り続ける。

「あなたの好きにしてください。境界線は、とっくに越えてますから」

不破さんは四年前のことを覚えていなくて、私だけでなく多くの社員に慕われる社長で。そんな諸々から最初は無意識に一線を引いていたが、いつからか過去や身分などは関係なくなっていた。

私は、不破雪成という人がひとりの男性として好きで、彼にも同じように愛されたいと願っている。私も、普通の女だ。

周りの人たちを気にせずお互いを見つめ合ったあと、不破さんはなにかを決意したように私の手を引いて歩きだす。

彼がなにを考えているか、今初めて読み取ることができた気がして、私は激しさを増す鼓動を抱きながら黙ってあとに続いた。


イルミネーションには目もくれずやってきたのは、不破さんのマンション。玄関に入った途端、我慢が限界に達したかのように荒っぽく唇を奪われ、私は彼のコートにしがみついて必死にそれに応えた。

一旦唇を離すと、お互い大雑把に靴を脱いで部屋に上がり、再び手を引かれて内階段を上る。ムーディーなベッドルームにたどり着くと、不破さんは乱雑にコートを脱ぎ捨て、私のそれにも手をかけて今度はそっと脱がせた。

まだ下には服を着ているのに、裸にされているかと思うほどドキドキする。

極度の緊張で俯いていると、顎に手を添えられ、持ち上げられた途端に甘いキスが降ってきた。糖度と度数の高いカクテルみたいなそれにすっかり酔わされ、力が抜けていく身体は背中からベッドに沈んだ。

とろんとした瞳を開ければ、私を組み敷く彼が苦笑を漏らす。

「理性が飛ぶって感覚を味わうのは、いつぶりだろうな」

焦燥が交じる困ったような声で言い、不破さんは私の首筋を吸い上げた。さらに服の上から胸の膨らみを弄ばれ、ぞくりとした快感が駆け巡る。

「んっ……私だから、そうなってくれてるって、思っていいですか……?」

甘い声を漏らしつつ確認すると、彼は獣のような瞳に優しさを加えて微笑む。

「そうだよ。俺をこんなに夢中にさせるのは麗だけだ」

高揚した気持ちにさらに幸せが上乗せされ、なぜだかじわりと涙が浮かぶ。たまらず不破さんの首に腕を回して抱きついた。

たくさんキスをして、邪魔な布をすべて取りはらって、素肌の温かさを確かめ合う。

その最中の彼の仕草や表情はあまりにもセクシーで、心臓が破裂しそうだ。

猛々《たけだけ》しさを露わにする彼と奥深くで繋がったとき、愛おしい名前が自然に喉から押し出された。

「ゆき、なり、さん」

揺さぶられ、乱れる呼吸に合わせて切なく呼ぶと、私を見下ろす彼が一瞬目を見張った。そして、すぐに余裕のなさそうな表情に変わり、汗ばむ肌をぴたりと重ねて私を強く抱きしめる。

「お前を独占していたい……ずっと」

耳元で囁かれた言葉は、嬉しい以外の何物でもないし、私も同じ言葉を返したい。胸がいっぱいで頷くことしかできないけれど、あなたは有言実行する男性だと信じているから。

お互いを独り占めすることができる贅沢な契約を結ぶかのように、私たちはひと晩中ベッドの上で絡まり合った。

かりそめの幸せは儚い幻

……素肌を包む毛布のぬくもり、カチャカチャとなにかを動かす音、美味しそうな匂い。

浮上してきた意識にいろいろな情報が加わって、私は今、家で眠っていることを認識する。

ああ、もう朝なのか。桃花が朝食を用意してくれているんだから、早く起きなきゃ。ていうか、今日って仕事だっけ？

ぼうっとする頭を回転させつつ寝返りを打つも、身体はなぜか重く、気怠くて、思うように動かない。瞼《まぶた》も重く、指の腹でこすっていると、階段を上がってくる足音が聞こえてきた。

……ん、階段？

うちで聞こえるはずのない音に違和感を覚え、うっすらと目を開けた途端、視界に愛おしい人の笑顔が飛び込んできた。

「おはよう」

いつもと違う明るい室内でとろける笑みを向ける不破さんを見て、私は一瞬ぽかんとする。直後、昨夜の情事を鮮明に思い出して飛び上がりそうになった。

「ひゃっ！　お……おはよう、ございます」

ガバッと上体を起こすも、自分が裸のままであることに気づき、慌てて胸の上まで毛布を引っ張り上げた。

色気のない私に不破さんはクスクスと笑う。ラフな部屋着姿すらもカッコいいし、目覚めた瞬間から彼を拝めるとは贅沢すぎる。

対する私は、可愛くないすっぴんどころか、昨夜は一番恥ずかしい姿をさらして身体の隅々まで見られてしまったし、なんだか決まりが悪くなって俯く。

「どうした？　朝食、食えそうにないか」

「あ、いえ！　すみません、朝食まで作らせちゃって」

「簡単なもんだ。作ったうちに入らねーよ」

たいしたことないという調子で言った彼は、ベッドに腰かけ、私の頭に手を伸ばしてくる。

髪を撫でる手つきは優しいのに、いたずらっぽく口角を上げるアンバランスさを不思議に思っていたら――。

「いいよ、ゆっくりしてて。昨日はたくさん乱れさせたから、身体がつらいだろうし」

こちらが恥ずかしくなることをさらっと言われ、顔がかあっと熱くなった。

またこの人はわざとそういうふうに……！

確かにあの行為はご無沙汰だったけれど、痛みやつらさはほとんど感じなくて、むしろ頭が真っ白になるくらい気持ちよくなってしまった。多少の怠さも幸せの余韻だと捉えれば、全然平気だ。

蘇ってくる、そんな淫らな記憶を振りはらい、私は平静を装って答える。

「だ、大丈夫ですよ。ご心配なく」

「そう？　じゃあ……」

不破さんがそこまで言った直後、突然私の視界が反転した。再びベッドに倒され、天井をバックに、獲物を捉えた狼みたいな彼が私を覗き込む。

「もう一回、遠慮なくいただくとするよ」

「え！　ちょ、不破さ……っ」

「名前で呼んでくれないのか？　昨日はあんなに色っぽく何度も呼んでたのに」

彼の胸を押し返そうとしたものの、耳元に唇を寄せて意地悪く囁かれ、快感と羞恥が襲ってきて力が抜ける。

私ってこんなにM気質だっけ、と頭の片隅で思いつつ、「……雪成さん」と従順に呼んだ。

これだけで嬉しそうな笑みを見せられたら、抵抗する気もなくなってしまう。

チョロい女だと自負しながら、朝からこれは胃もたれするんじゃ、と思うくらいの甘いキスと愛撫を受け入れた。

今年のクリスマスは、思いがけず好きな人と過ごせた最高の一日になった。

ベッドにいる時間が長かった気もするけれど、街中をぶらぶらしたりケーキを食べたりと、普通のデートもできて本当に幸せだった。

夢のような連休を終え、忙しい月曜日が始まる。気を引きしめて出社した私は、雪成さんと顔を合わせても動揺するまいと誓い、いつも通り秘書業務に打ち込む。

そうして間もなく、凛々しい戦闘服に身を包んだ社長様がやってきた。社員と挨拶を交わしながら社長室に入り、私にも麗《うるわ》しい笑みを向けて挨拶をする。

「おはよう」

「おはようございます」

よし、完璧に普段通り。この調子で、社員の皆に私たちのことは気づかれないようにしよう。

何事もなかったかのように挨拶を返してパソコンに向き合った直後、雪成さんの手が伸びてきて私のデスクになにかを置いた。

「忘れ物」

「え？　……あっ！」

キョトンとしてそれに目をやり、次の瞬間ギョッとする私。置かれていたのは、昨日つけていたネックレスだったから。

そういえば、シャワーをお借りしたときに外して、そのまま忘れていたんだった！

愛し合った映像が一瞬にしてまざまざと頭に浮かんでしまう私に、雪成さんは涼しげな顔でコートを脱ぎながら言う。

「別に取らなくてもいいのに。裸にそれだけ身につけてるのも、そそられ――」

「本日の予定ですが！」

私は赤面してネックレスを握りしめると、慌てて彼の怪しい言葉を遮った。

誰にも聞こえていないだろうけど、やめてくださいよ！　いろいろ思い出して仕事にならなくなっちゃうでしょーが！

努力も虚しく動揺しまくる私を見て、雪成さんはおかしそうに含み笑いしていた。

まったく……今日は特に浮かれた気分ではいられないのに。雪成さんのご両親の命日なのだから。

夜の会食がなくなった分、時間が取れたこともあり、早めに仕事を切り上げてふたりでお墓参りに向かうことになっている。彼とその確認をしたあと、いい頃合いになるまで今度こそ仕事に集中した。

雪成さんのご両親が眠っている霊園は郊外にある。

彼が生まれ育った地元は、なんと偶然にも私と同じ新潟らしいのだが、ご両親の親族は東京近郊にいるらしく、お墓参りがしやすいようこちらにしたらしい。

静かなその場所は手入れがよく行き届いていて、シクラメンやベゴニアなどの冬の花がそこかしこに咲いているガーデニング霊園だった。

雪成さんは今どんな心境なのだろうと気にしつつ、桶《おけ》に水をくんで園内を歩いていると、ふいにこんなひとことが耳に届く。

「俺の親父も料理人だったんだ」

初めて彼の口から語られた、お父様のこと。私は真摯に話を聞きたくて、花束を抱える彼をまっすぐ見上げる。

「そうだったんですか」

「ああ。実家が昔ながらの洋食屋でね。母親もそれを手伝ってて、小さかったけど地元の常連客で毎日賑わってる、あったかい店だったよ」

少し年季の入ったレトロな店が思い浮かび、お客様だけでなく、ご両親の笑顔も溢れていたであろうことが想像できた。優しい目をする雪成さんからは、その店を愛していることが窺える。

ひとつ気になるのは、彼の言葉が過去形だということ。今は誰かが店を継いでいないのだろうか。

考えを巡らせていると、彼の穏やかな表情がわずかに曇り始める。

「俺も当たり前のように料理人になる道を選んでたけど、夢は本格的なフレンチを学んで、自分の店を持つことだった。実家を継がせたかった親父とは次第に反発し合うようになって、高校を卒業したら家出同然でこっちに出てきたんだ」

ご両親と仲違いしていた原因はこういうことだったらしい。高校卒業後に上京したところはとても共感できて、「私と似てる……」と、つい独り言をこぼした。

不思議そうな顔をする雪成さんに笑みを向け、なんでもないというふうに首を左右に振ると、彼は続きを話しだす。

「親父と実家の店のことはずっと心に引っかかってて。ひとりになってみると、意地を張って出てきたのは間違いだったかもって悩んだよ」

それも私と同じだ。本当にこれでよかったのかと考えることは多々あったから。

「本格的に修業したいなら、ホテル専属のスタッフになるべきだったんだ。なのに、今みたいな委託の会社に入ったのは、そういう迷いからだったんだと思う」

雪成さんがプロバイドフーズに入った理由の裏に、こんなに複雑な思いが隠されていたとは。彼も悩みながら働いていたことを知り、なんだか親近感が増す。

しかし、彼が抱える過去や後悔は、私とは比較にならないほど重いもの。

「結局、親父の願いを叶《かな》えてやることも、仲直りすることもできずに、ふたりとも事故であの世に行っちまった。俺が家を出てすぐ親父の病気がわかって、店が売りに出されてたことも、そのときに初めて知ったよ。とんだ親不孝者だ」

冷静な表情とは裏腹に、吐き出された声はとても苦しく、つらそうだった。

先ほど、『あったかい店だった』と過去形を使ったのは、彼がご両親と疎遠になっている間に店が閉められてしまっていたからだったのだ。悔やんでも悔やみきれないだろう。

彼のやるせない気持ちが痛いほどわかって胸が苦しくなりながらも、彼が調理師を辞めた原因もそこにあるのではないかと推測する。

「雪成さんが調理師を辞めたのは、そのせい……？」

眉を下げ、遠慮がちに問いかけると、彼は力なく嘲笑を浮かべて小さく頷いた。

「店がなくなったことで、料理人を続ける意味を見失った気がしたし、俺にそんな資格はないと思ったから」

ご両親を亡くした喪失感から、長年抱いた夢や目標すらもなくしてしまったのかと思うと、胸が痛くて仕方ない。

私のほうが泣きそうになり、地面に視線を落として歩いていると、ひとつの墓石の前で雪成さんの足が止まった。

以前親族の誰かが供えたのだろう枯れた花と、【不破家之墓《ふわけのはか》】と刻まれたそれを見下ろしたまま、彼は本音を吐露し続ける。

「墓参りすらしちゃいけないんじゃないかって思ってたし、自分の傷をえぐることになりそうで正直少し怖かったんだ。でも今は、ひとりじゃないから自分の弱さに負けないでいられる」

いつかも見た、冬の夜空のように切なく澄んだ瞳がこちらに向けられる。その瞳に春の日が差し込んだかのごとく、穏やかな笑みが生まれた。

「麗が無理やり機会を作ってくれなかったら、これからもここに来ることはなかったよ。だから、お前には感謝してる。こんなとこまでついてきてくれて、本当にありがとう」

丁寧にお礼を言われ、私はこぼれ落ちそうになる涙を必死に堪えながら、不細工な笑顔を作った。

雪成さんは囚われた過去から一歩踏み出せたのだ。ご両親のことや、夢を断念したことは悲しいけれど、憐れんでいないで今の彼を支えてあげよう。

気持ちを切り替え、私たちは墓石の掃除を始めた。

落ち葉を拾ったり雑草を抜いたりする私のそばで、雪成さんはかじかむ手で墓石を洗いながら口を開く。

「ふたりを亡くした当時はしばらく抜け殻状態だったけど、一年くらい経ってようやく前向きになって。心機一転して、なにか別のことを始めようと思ってさ」

いくらか明るくなった声と表情で、彼は起業したきっかけを明かす。

「ちょうど会社のブラックさにも嫌気が差してたから、俺ならこう改善するのにって考えてた。そうしたらどんどんアイデアが出てきて、ひょっとしたら新しい会社やれるんじゃねーか？って思いついたわけ」

「それでその通りにできちゃうところが……やっぱり天才ですね」

「だろ」

脱帽する私に雪成さんが得意げに言うから、ちょっぴり笑いがこぼれた。自信家な彼が戻ってきてホッとする。

「前も言ったけど、これはこれで合ってると思うんだ。もともと、自分のやりたいようにやる性分だったから、社長も天職かなって」

彼はそう言い、墓石に水をかけた。みるみる綺麗になっていくそれを見ながら、私は幾度となく彼を尊敬する。

「料理人の道を進めなかったのは切ないですけど、どんな方法でも、もう一度立ち上がった雪成さんはすごいです。私も、いい加減にけじめをつけなきゃ……」

「けじめ？」

「はい。私も母と仲違いしたまま疎遠になってるんです。離婚した父と会わせてもらえなかったことが原因で」

すべてを話してくれた彼に、私も自分の問題を打ち明けた。

神妙な顔をさせてしまったけれど、あなたのおかげで、私もほんの少しだけ変わることができたんだ。

「雪成さんの事情を小耳に挟んだときから、私も後悔する前に仲直りしたいと思うようになって。この間、やっと私から電話して母と話すことができました。この年末年始、数年ぶりに実家に帰るつもりです」

実はクリスマスイブイブの二十三日、決心して実家に電話をしていたのだ。

怒られる覚悟でかけたのだが、母は予想に反して泣くほど喜んでくれて、『今まで麗の気持ちを無視しちゃっていてごめんね』と謝ってくれた。自分勝手に拒否していたのは私なのに。

当時の母は、もう親は自分だけなのだという頑なな思いで私を父から遠ざけようとしたが、時間が経って、もっと柔軟に対応すればよかったと後悔していたのだそう。

私のことをずっと考えてくれていた彼女をぞんざいに扱ってしまったことを、私も深く反省して謝り、なんとか和解できたのだった。

もうずいぶん見ていない母の顔を頭によぎらせていると、雪成さんは墓石の前にしゃがみ、納得したように頷く。

「麗にもそんな事情があったとはね……。お前が意外に寂しがり屋だったり、仕事しか逃げ場がないっておいおい泣いたりしたのは、そのせいか」

「おいおいは泣いてないはずですけど」

あのときのことを思い返して若干気恥ずかしくなり、苦笑して私も雪成さんの隣にしゃがんだ。

彼は花を供えながら穏やかな声で言う。

「俺たちのそういう孤独な部分が、いつの間にか引き寄せ合ってたのかもしれないな」

「……そうかもしれないですね」

どこか隙間が空いた部分が、一緒にいることで気づかないうちに満たされていたとすれば、私たちはお互いに必要な存在だったということ。

そうであったらいいな、と思いつつ微笑み合い、ふたりで線香も供え、さっと天から見守ってくれているであろう彼のご両親に手を合わせた。

肌を刺す北風から逃げるように車に戻り、マンションに送ってもらう道中で、私は先ほど言いそびれたことを話す。

「実は、私の父も料理人なんです。しかも、地元は同じ新潟」

少々興奮気味に告げると、雪成さんも一瞬こちらに目を向け、珍しく驚きを露わにする。

「そんな偶然があんのか」

「私も驚きましたよ。父は自分の店は持っていなくて、普通にレストランで働いていたんですけどね」

私がプロバイドフーズに入ったのは、表向きは魅力的に見せていた社風に惹かれたからだった。ただ、調理に関わる仕事を選んだのは、どこかで父と繋がりを持っていたかったからなのかもしれない、と今になって思う。

「母と離婚してから父がどうしているのかは、なにも聞かされていなかったんです。でもこの間の電話で母が珍しくそのことを話してくれて、今も地元で料理人を続けていることがわかりました」

父の近況を知ることができただけで、ずっと心に巣食っていた不満は小さくなった。

雪成さんの話を聞いたあとだだと、父がやりたい仕事を続けられているのはすごいことのように感じる。

雪成さんは優しく微笑み、こんな言葉をかけてくれる。

「よかったな。お前は俺みたいにはなるなよ」

彼のそのひとことにはとても重みがあり、しっかりと頷いた。

私は今からだって間に合う。年末年始は久々に実家でゆっくりして、母とたくさん話をしよう。父のことも、もっと聞いてみたい。

この間、電話で父の話が聞けて嬉しかったので、ついしゃべり続けてしまう。

「母が言うには、父は去年新しくお店を始めたらしいんです。確か〝リオン〟っていう名前の洋食屋さんだって――」

その直後、急ブレーキをかけたらしい車がガクンと揺れ、「きゃ！」と小さな叫び声が口から出た。

驚いて前を見れば、赤信号の手前で停まっている。おそらくブレーキを強く踏んだだけなのだろうが、雪成さんは普段こういう乱暴な運転はしない人だとわかっている。

どうしたのかと彼に視線を移すと、その横顔はなぜか、かすかに動揺を露わにしているように見えた。

「悪い……。大丈夫か？」

「全然、平気です。どうかしましたか？」

私を気遣ってくれたものの、彼はすぐに前を向き、なにかを考えているのか真剣な表情になる。そして前を見据えたままこう問いかけてきた。

「親父さんの名字って？」

なんで私の父の名字を知りたいのか疑問に思いつつも、とりあえず答える。

「紅川《べにかわ》、ですが」

「……そうか」

雪成さんは小さく頷き、低い声でボソッと呟いた。どこか遠くを見つめ、徐々に険しくなっていく彼の顔に、私は漠然とした不安を覚える。

いったいどうしたのだろう。父の詳しい話をした途端、どうしてそんなふうに怖い顔を……。

突然の彼の変化に戸惑うも、私がなにかを聞けるような雰囲気ではなくて、車内は重苦しい沈黙に包まれていった。

それから年末休業が始まるまでの数日間、雪成さんの態度は、いつも通りといえばいつも通り。

ただ、なんとなくよそよそしく感じるのは、話すことが仕事の件ばかりなせいだろうか。クリスマスの翌日は、わざと私が困るような軽口を叩いてきたのに、この数日は特別報酬の件も出されないし……。

会社では社長と秘書として振る舞うつもりでいたからこれでいいはずなのに、やっぱり心に引っかかる。

お墓参りをしたあとのあの会話に、なんの問題があったの？

考えてもわからず、悶々とした気持ちのまま仕事納めをした今日、本社勤務の人だけでなく委託先で働いている社員も集めた忘年会が開かれている。本社以外の社員は委託先によって休日がまちまちだが、本社は三十日から翌月三日までが休みだ。

掘りごたつの席がずらりと並んだ居酒屋の大広間に、七十人ほどの社員が集まっている。雪成さんから簡単な挨拶があったあと、それぞれが周りの人たちと「今年もお疲れさまでした～！」とグラスを合わせて乾杯した。

今日の会には、プロバイドフーズ時代にお世話になった溝口さんを始め、当時の仲間や部長も出席している。

すっかりご無沙汰してしまっていた彼らの元へ向かうと、溝口さんたちはとても元気そうで、明るい表情から職場の環境がだいぶ改善したことが見て取れる。

部長らは人が変わったように真面目に働いているそうで、「前社長の頃は暗黒時代だったんだよ」などと笑い話にして盛り上がった。

それからひと通りお酌して回ったあと、雪成さんの向かいの席に戻った私は、彼が桐原さんの隣で、至って普通に機嫌よくお酒を酌み交わしているのを眺めている。

普段からあだ名で呼び合っていることもあり、皆お酒の席でもとてもフランクだ。

雪成さんたちの元にも、さっきから代わる代わる人がやってきて、挨拶をしたり雑談したりと楽しそう。

私も話したいけど、会のあとに時間あるかな。連休中、一日でいいから会えるかどうか聞いておきたい。

仕事中とは違って打ち解けた笑みを見せる彼に、いまだに見とれてしまっていたとき、突然横からエイミーがずいっと身体を寄せてきた。

「ねーちょっと聞いてよ、アリサ！　武蔵って結婚してたんだって！」

いい感じに酔っているらしく、頬を薄紅色に染めた彼女は、私の腕を掴んで興奮気味に叫んだ。

その事実は私も初耳なので、エイミーの隣に座っている武蔵さんを、目を丸くして見やる。

「えっ、そうだったんですか？」

「あたし一年以上一緒に働いてて、今初めて知ったんだけど」

驚愕するエイミーは、若干顔を赤らめて黙って焼酎をちびちびと飲んでいる彼に詰め寄る。

「超絶無口な武蔵がどうやってプロポーズしたの？　まさか『言葉はいらない』とか言わないよね？」

「そ、れは……恋文にしたためて……」

「ラブレターってこと⁉　やだ〜、なにげにロマンチストじゃ〜ん！」

きゃーきゃーと盛り上がるエイミーに、武蔵さんは耳まで真っ赤にして「かたじけない……」と呟いている。きっと仲良しの夫婦なんだろうな、と微笑ましくなった。

満足したらしいエイミーは、今度はテーブルに両肘をつき、向かいに座るイケメンツートップに標的を移す。

「ボスやイクミンもそろそろ考える頃なんじゃないですか？　けっ・こ・ん」

これには私のほうがドキリとした。雪成さんがどう答えるのかめちゃくちゃ気になり、エイミーに便乗してなにげなく耳をすませる。

こういう質問には慣れているのか、まず余裕の笑みを浮かべた桐原さんが、「いい相手に巡り会えれば考えますよ」と無難に答えた。

まあ、きっと雪成さんもさらっとかわすよね、と思ったものの……。

「……俺は、一生できないかもね」

泡が消えたビールのグラスに目線を落とす彼の口からこぼれたのは、冷たさの交じる声とわずかな嘲笑だった。

エイミーは「またまたふたりとも〜」と本気にしていないけれど、私にはただの冗談とは思えず、胸に針で刺されたような痛みが走る。

別に、甘い返答を期待していたわけではない。ただ、少しは私のことを意識してくれていたらいいな、というかすかな願望をどうしても抱いてしまったから。こちらを見もせず、私とのことをまったく考えていないような発言をされたのは、やはりショックだった。

でも、一生できないというのもなんだか大げさな気がするし、彼の真意はいったいなんなのだろう。

彼の考えていることや、抱えているものをやっと共有できるようになったと思ったのに、またわからなくなってしまった。


人知れず落ち込んで、あまり酔えないまま時間は過ぎていき、そろそろお開きという頃。ふいに桐原さんと雪成さんの会話を耳がキャッチする。

「社長は、二次会はどうされます？」

「俺はこれで帰るよ」

それを聞いた瞬間、私はほぼ反射的にぱっと手を上げてこう言っていた。

「あっ、私送ります！　今タクシー呼びますから」

そこでようやく雪成さんの視線が私を捉えた。有無を言わさぬよう、すぐにスマホを取り出して席を立つ。

とにかくふたりきりになりたい。クリスマスのときみたいに、ちゃんと向き合って全部さらけ出して、この言いようのない不安を少しでも解消したい。

焦燥を抱きつつ、会が終了するとそそくさと皆に軽く挨拶をし、店の外に待たせていたタクシーに雪成さんを連れて乗り込んだ。

運転手のおじさんに彼のマンションの場所を告げようとするも、彼のほうがひと息早く口を開く。

「調布まで」

「えっ⁉　私はあとでいいですよ、遠いですから」

「そのほうが話できるだろ」

彼の顔に笑みはなくても、話をしてくれようとしているのだと思うと嬉しい。ただし、私のマンションまで送るということは、今夜は一緒に過ごさないという彼の意思の表れでもあるし、単純に喜べない。

そうこうしているうちに車が走りだす。とにかくなにか話そうと思い、ざわめく鼓動を抑えて無難な話題を振ってみる。

「盛り上がりましたね、忘年会。前の職場の仲間とも話せてよかったです。皆、元気そうだったし」

「ああ、あそこは平和になっただろ。給料泥棒は排除したからな」

涼しげな顔で怖いことを言う彼に、思わず苦笑した。久々に毒を吐く不敵な社長様が見られて、正直ちょっとホッとする。

よかった、普通に話せそうだ。

「雪成さんは、年末年始はなにをされるんですか?」

「仕事かな」

「うわ……」

「あからさまに嫌そうな顔するなよ」

淡々としたやり取りすらも楽しく、徐々に普段の調子を取り戻していく。

思いきって、デートの約束を取りつけてみようか。彼にちゃんと想われていると安心できる確かな証拠が欲しい。

「私、二日の夜にはこっちに戻るつもりなので、もしよければ三日に——」

「麗」

『初詣にでも行きませんか?』という誘い文句を、どこか重苦しい声色で遮られた。

直感的に嫌な予感がして、笑顔が固まる。

……あれ、なんかこれ、デジャヴュってやつ？　確か、ずっと前にも似たようなシチュエーションになったことがあるよね。

あれは、そう、颯太に別れを切り出されたとき。まさか……。

「その約束はできない。もしかしたら、これから先も」

――予感的中。伏し目がちになる雪成さんから、聞きたくはなかった言葉が告げられてしまった。

スイッチが切られたみたいに思考が停止しそうになるも、なんとか唇を動かす。

「……どうして、ですか？」

困惑と、わずかな恐怖が入り交じった声を押し出した。しかし目線を落とす彼の顔からはなんの感情も読み取れないし、答えようともしない。

理由がわからず、焦燥感が込み上げてくる。私にわかることといえば、あの日から彼の態度が変わったことくらいだ。

「お墓参りに行った日から、雪成さん、様子がおかしいです。私、なにか気に障るようなことを言ってしまいましたか？」

この間から気がかりだったことを、彼を見つめてはっきりと問いながら、車の中でした会話を思い返す。

私が失言したとするなら、そもそもその内容に問題があったということ。あのとき話していたのは、私の父のことだ。

「それか、私の父がなにか――」

そこまで口にしたとき、伏し目がちだった雪成さんの瞳がこちらに向けられる。私を一瞥したその瞳は鋭利なナイフのように鋭く、冷たく感じ、思わず息を呑んだ。

いったい、なぜ？

彼は目を見張って固まる私をそれ以上見ることはなく、暗然とした声を吐き出す。

「麗には関係のないことだ。知る必要はない」

恐怖を覚えたのは一瞬で、一方的に突き離されたことに対して苛立ちが湧き上がってくる。まるで私自身が必要ないと言われているみたいだ。

「なんですか、それ……私は、あなたにとってその程度の存在だったんですか⁉」

憤りを抑えることができず、つい声を荒らげた。

私は雪成さんの境界線の中に入ることができて、彼も心を許してくれていると思っていた。なのに、そうではなかったというのだろうか。ビジネスパートナー以上の関係になれたはずなのに。

雪成さんがどう思っているのかを必死に探ろうとしていたそのとき、ふいにはっとした。なぜ今まで浮かれていられたのかと自分を恨みたくなるほど、一番大事なことを失念していたことに気づいたから。

私、一度も〝好き〟って言われていない――。

その事実に気づくとほぼ同時に、雪成さんが険しい表情にわずかに憂いの色を濃くして口を開いた。

「麗は大事な存在だよ。お前みたいな秘書は、きっと二度と現れない」

〝秘書〟のひとことが、ひびが入った私の心を一気に砕く。そして、お互いがお互いをどう思っているかという認識にズレがあることを理解した。

彼は私を、お気に召すままに操れる秘書くらいにしか認識していなかったのだろう。特別な存在になれたと思っていたのは、私だけ。気があるようなセリフをかけられて、勘違いしていただけなのだ。キスも、セックスも、そのとき気分が盛り上がってしただけのことなのかもしれない。

もしも、ひとときだけ私を愛おしいと想ってくれていたとしても、私が欲しいのはそんな泡沫《うたかた》の感情じゃない。無論、特別報酬なんかでもなく、揺るぎない愛が欲しかった。

震えだす手を膝の上でぐっと握り、ゆらゆらと揺れる視界に彼を映す。込み上げるやりきれなさや涙を必死に抑え、震える声でぽつりと投げかける。

「雪成さんも、私と同じ気持ちだと思っていましたが……私の自惚れだったんでしょうか」

そのとき、ほんの一瞬、雪成さんの表情が苦しげに歪んだ。それはただ私の想いが迷惑だからなのか、それとも別の理由があるのか。

彼はなにかを言いたそうにも見えるが、否定も肯定もしない。否定しない時点でそれが彼の答えなのだと思い、私の中で気持ちの糸が切れてしまった。もう限界だ。

堪えていた涙がひと粒、頬を伝う。爪が食い込むほどさらに強く手を握った私は、「ここで停めてください」と運転手に告げる。

そしてバッグから財布を取り出し、千円札を数枚座席に置くと、雪成さんが険しい顔でとっさに私の手首を掴んだ。

「麗、ちゃんと家まで――」

「もう結構です！　報酬もいりません。私は……お金が欲しくてあなたに尽くしていたわけではありませんから」

荒っぽい口調で吐き捨てると同時に、大粒の涙がぼろぼろとこぼれ落ちる。

そんな視界では、彼が最後にどんな顔を見せたかはわからなかったけれど、もはやどうでもよかった。彼の手を振りほどき、ドアを開けて逃げるように降りた。

幸い、もう少し歩けば最寄りの駅に着く。帰ったらケンカの愚痴を桃花にぶちまけさせてもらおうと思いながら、早歩きで街を抜けていく。

……いや、ただのケンカと言ってては軽すぎる。私にとってはフラれたとしか思えないし、修復不可能な気がする。

最悪の結末しか想像できず、拭っても拭っても涙は頬を濡らし続けた。歩くのも、呼吸すらもうまくできなくなり、結局足が止まる。

「ふ……っ、苦しい……」

愛し合った記憶が、ただの幻想になってしまったのは違いないだろう。こんなに胸が切り裂かれそうなくらい痛くてつらいのは初めてだ。

自惚れでも、勘違いでも、あの人の存在は確かに私の一部になっていたのだと思い知る。

大事な部分が欠けたような身体を、しばらくその場から動かすことはできなかった。

第四条（幸福な未来の決定）

愛おしさを天秤にかけて［Ｓｉｄｅ＊不破］

『雪成さんも、私と同じ気持ちだと思っていましたが……私の自惚れだったんでしょうか』

〝違う、自惚れなんかじゃない〟と喉元まで出かかった。だがそれを口にしていいのかは、俺自身にもわからなかった。いったいどうすることが正解だったのだろうか。

プライベートで会う約束はできないと言った時点から、ああやって泣かせて、傷つけることは目に見えていた。今さら後悔しても愚かなだけなのに、胸がひどく痛んで仕方ない。

彼女が置いていった札をぼんやり見下ろしていると、前方から「あのー……」という困った声が聞こえてきて我に返る。

いけない、運転手の存在をすっかり忘れていた。

「新宿に戻ってください」と告げると、人のよさそうな年配の男性運転手は快く返事をして、再び車を走らせ始めた。

この人は俺たちのやり取りを全部聞いていたはず。きっと気まずいだろう。一応謝っておくか。

「すみませんね、見苦しいものをお見せして」

乾いた笑いを交えて詫《わ》びると、彼はこういう客のトラブルに慣れているのか、朗らかに笑って首を横に振る。

「あ～、いやいや、男女にはいろいろありますからねぇ。お兄さんイケメンだから、彼女のふたりや三人いても不思議じゃないし」

「そんな節操なしじゃねーよ……」

思わず小声でツッコんでしまった。この年だし、それなりに経験はあるが、二股をかけるだとか面倒なことをした覚えはない。

というかまず、ここまで自分にぴったりハマる感覚を抱いた女性は、麗が初めてだ。

「本気で好きなのはあの子だけですよ」

窓の向こうに流れていく夜景を眺めながら、ほぼ独り言のように呟くと、運転手は意外そうな顔でミラー越しにこちらを見てくる。

「おや、じゃあなんでまた……」

「どれだけ想っていても、一緒にいられないこともあるでしょう」

自嘲する笑みを漏らして言い、窓枠に肘をついて深いため息を吐き出した。

麗と両親の墓参りをしたあの日、信じたくはない事実を知ってしまったから、仕事のパートナー以上の存在でいてはいけないんじゃないだろうかとずっと葛藤していた。

もっとも、俺がこんな態度を取ったことで、彼女が秘書を続けるかどうかもわからなくなったが。

＊　＊　＊

俺の両親は、冬は積雪五十センチ程度になることもザラにある地域で、〝リオン〟という洋食屋を営んでいた。

俺がまだ読み書きができないくらい小さな頃、ライオンが好きだったことから、英語の〝lion《ライオン》〟をそのままローマ字読みして店名にしたらしい。

店のレトロな雰囲気も、心温かい常連客も、もちろん父が作る昔懐かしい料理も好きで、将来は父のような料理人になるという夢を当たり前に抱いていた。

ところが、俺と父が見る未来には徐々にズレが生じ、自分の店を継がせたいという思いを押しつけてくる父がうっとうしくなっていって……。

そこからの顛末《てんまつ》は、両親を無下にした俺への罰なのかもしれない。後悔と罪悪感はこれからも一生消えることはないが、墓参りすらしない俺を、きっと両親はあの世から呆れて見ていることだろう。

ただ、リオンが閉店したあとの店舗の様子については、気になってときどき調べていた。それによると、別の飲食店がいくつか入ったがどれも長続きしないらしく、まるで呪われているのかと思いたくなる。

ところが十二月中旬のこと。しばらく空き家になっていたはずのそこが、新しい店になったとの話を偶然耳にした。

行きつけのバー〝B.friend〟ではそういう情報をよく仕入れることができ、ビジネスにとっても有益なものが多いのだが、東京からだいぶ離れた地元の店の話題を聞くことになるとは。

情報源は、最初に麗とバーで待ち合わせをしていたときに初めて会った女性。彼女はフードライターであり、関東から甲信越までさまざまな飲食店を取材しているという、かなりアクティブで知識も豊富な人なのである。

その彼女と後日たまたまバーで再会し、なにげなく地元が新潟だという話をしたら、嬉しそうに話していたのだ。

『新しくできたリオンという洋食屋を見つけたんですが、とても美味しかったし、地元の方々にも好評でしたよ』と。

耳を疑った。父の店と同じ名前の洋食屋が、同じ場所にできた……そんな偶然があ

るだろうか。

真っ先に頭に浮かんだのは、父の店を覚えていた人物がなんらかの目的で模倣して

いるのではないか、ということ。なぜそんなことを始めたのかは謎だが、到底放って

おける内容ではなかった。

俺にとっては父がいたあの洋食屋こそがリオンであり、他人が作った店など偽物に

過ぎない。もしもメニューまで真似されていたら黙っていられない。

とにかく実際に行って確かめてみようと、予定のない近日中に数年ぶりに地元へ向

かうことにした。まだ俺の事情を打ち明けていなかった麗には野暮用だと告げ、家の

用事を頼んで。

俺が帰るまで家で待っているよう頼んだのは、心にダメージを受けることを予想し

て、彼女の顔を見て癒やされたかったからなのかもしれない、とあとになって思う。

そうして懐かしい地に降り立ち、新しいリオンを目にした俺は、タイムスリップし

たかのような感覚に襲われた。

まったく同じではないものの、赤いトタン屋根や、入口の上についたストライプ柄

の雨よけのテントはよく似ている。なにより立て看板に書かれた〝lion〟という店名が、激しく胸をざわつかせた。

ドクドクと鳴る心臓を抑え、意を決して中に入る。夕方六時の店内には客がちらほらと来ており、愛想のいい中年の女性に席へ案内された。

木のテーブルに椅子、チェック柄のテーブルクロス、手書きのメニュー表。どれもがあの頃を彷彿《ほうふつ》とさせて……気味が悪い。それなのに、隣のテーブルに料理を運んできたコックコートを着た中年男性は、当然ながら父ではないのだ。それがますます不気味に感じる。

肝心のメニューは、ナポリタンだとかハンバーグだとか、どこにでもありそうなシンプルな料理名が並ぶ。父の頃もこんな感じだったので、ひとまずオムライスを頼んでみることにした。

ぼんやりと店内と人の観察をしながら待っていると、次第に昔の記憶と重なって見えてくる。

母もあの女性店員と同じように頭にバンダナを巻き、エプロンをして、笑顔で注文を取っていた。父もときどき厨房から出てきては、常連客との会話を気ままに楽しんでいたっけ。

ふいに目頭が熱くなり、片手で頭を抱えてテーブルに目線を落とした。そのとき、ポケットの中でスマホが震えたことに気づく。

取り出して見てみると、麗からのメッセージが届いていた。わざわざ夕飯を作ってくれようとしているらしいが、俺はこれから食べようとしているところ。

申し訳なく思いつつも断りの文を打とうとしたとき、ケチャップの香りが鼻をかすめ、目の前にラグビーボールのように綺麗な形のオムライスが置かれる。

「お待たせしました〜。昔ながらのオムライスです。どうぞ」

先ほどと同じ細身の男性は、朗らかな笑顔でそう声をかけた。おそらくこの人が店長だろう。とても悪巧みしているようには見えない、人当たりのいい男性だ。

しかし人は見かけによらないもの。この男が父の店をわが物顔で乗っ取っているのかもしれないと思うと、心の奥から汚い感情が込み上げてきそうになる。

軽く頭を下げて厨房に戻っていく彼から、再びオムライスに目線を移し、まず観察してみる。

見た目は父が作っていたものと変わらない。ふわふわとろとろした卵ではなく、薄い膜でチキンライスをしっかりと包んであるタイプのものだ。その上にかかっているのは、シンプルなケチャップ。

俺は昔からこれが好きだった。だがきっと、あの味までは誰も再現できないだろう。

そう思いながらスプーンを差し込み、口に運ぶ。ひと口食べた瞬間、不本意ながら直前の考えが覆されてしまった。

……同じ味なのだ。チキンライスも、薄焼き卵も。十年以上食べていないその味が瞬時に蘇るほど、父のそれが見事に再現されていた。

なぜ、こんなことができる？　レシピがなければ絶対に無理なはず。あの男は、いったいどうやって……。

わずかに震えだす手でもう一度オムライスをすくい、味わってみてもやはり同じ。もうひと口食べたところで気分が悪くなり、それ以上進まなくなった。

他人が作った父の味など、気持ちが悪い。同じなのに同じではない……その違和感に耐えきれず、ほとんど手をつけないままスプーンを置いて席を立った。

『出されたものは食え』

口酸っぱく言われてきた幼い頃からの両親の教えを守らなかったことは、あとにも先にもこの一度だけだろう。

この場にいたくない一心でそそくさとレジに向かおうとすると、女性店員が俺の残したオムライスに気づいて声をかけてくる。

「お客さん、もうお食べにならないの？　……あら、顔色が悪いけど大丈夫かしら？タクシー呼びましょうか」

「いえ、平気です。残してしまって、申し訳ありません」

とても心配そうに親身にしてくれる彼女には少々罪悪感を抱きつつ、頭を下げる。彼女は最後まで優しく、「気になさらないで。お大事にしてくださいね」と気遣ってくれた。

会計して逃げるように外へ出れば、東京よりずっと身体にこたえる寒さが待ち受けていた。道路脇には汚れた雪が溜まっている。

寒さのおかげで胸クソの悪さも気にならないだろうと思いながら、なんとなくスマホを取り出すと、まだ麗に返信していなかったことを思い出した。

今はまったく食欲はないが、ほとんど食べていないので帰る頃には腹が減っているだろう。というより、彼女の手料理を食べればこの気分も上向きにしてもらえそうな気がする。

【アリサの手料理、食いたい】とメッセージを送り、駅へ行くため近くのバス停へと足を向ける。

……早く、麗に会いたい。

このぐちゃぐちゃになった気持ちを宥めて、安らかにしてくれるのはあの子しかいない。なぜだか彼女には甘えてしまうのだ。

好き勝手やっている俺にけなげに仕えて、かと思えば強引に人のプライベートな部分に踏み込んできたりする。今までそんなやつはいなかったから、それが新鮮で、頼もしささえ感じていた。

いつの間にか仕事においてだけでなく、自分の心が麗を必要としていることを、今はっきりと自覚する。

しかし、彼女を頼りにするくらい、自分が精神的に参っているとも言える。リオンの件は、それほど大きなショックを受けた。

もう二度と関わらないようにすればいいのかもしれない。だが、あの男がなにを考えて店を始めたのかは、やはり知りたい。

もしも俺が『昔、リオンを経営していた不破の息子だ』と名乗り出たら、彼はどんな反応をするのだろう。

確実に父の影響を受けているあの店は、簡単に許すことなどできそうにないし、これからも存続させようものならいっそ潰してしまいたいとさえ思う。店を継がなかった俺にはこんな感情を抱く資格などないかもしれないが、父がなによりも大事にしていた店を守ることが、唯一の罪滅ぼしになるとも言えるんじゃないだろうか。

今度またここに来るときは、すべてをはっきりさせてやる。そう心に誓い、黒い感情と共に思い出の地をあとにした。

＊＊＊

あの日、麗が家で待っていてくれて本当に救われた。彼女の顔を見ただけで汚い感情は薄れていき、華奢《きゃしゃ》で柔らかな身体を抱きしめたら、すり減った心が補われていくのを感じたから。

クリスマスイブには、ひとときだけ難しいことは忘れて恋人のような時間を過ごし、愛おしさが膨れ上がって欲望のままに彼女を求めた。

これまで口を閉ざしていた過去の話もすべてさらけ出せたのは、彼女に心を許しきった証拠だ。

ただし、リオンの件だけは自分の心の奥に留めておくつもりだった。復讐心《ふくしゅうしん》にも似た醜い感情を抱いている自分は見せたくなかったから。この件は密やかに片づけて、麗と穏やかに過ごしていきたかったのだが、やはりそんな都合のいいことにはできなかった。

まさか、リオンの店主だったあの男性が、彼女の実の父親だなんて――。

墓参りをしたあとにそれが判明し、どうにか彼女の父に対する攻撃的な感情を鎮められないかと試みたものの、どうしても消すことはできない。

麗の口から『私の父がなにか――』と出ただけで憤りが込み上げてしまったのが、その証拠だ。紅川に真実を追及しようという決意も変わることはない。

予定では、年明け二日から営業するというリオンに乗り込み、直接紅川と話をしようと決めている。

もしもここで話がこじれた場合は、そのあと麗と仕事以外で関わることはやめるつもりだ。そのため、彼女が連休中に俺と会いたがっているのはわかっていても、できないかもしれない約束をするわけにはいかなかった。

紅川が悪意を持って店を始めたのなら、それ相応の対処をするつもりだ。

俺と自分の父が対立するだなんてことを知ったら、麗は間違いなく傷つくだろう。ならば今のうちに離れたほうがいいのではないかという考えが、次第に大きくなっていく。

しかし、やはり彼女を手放したくない想いも強く、裏腹な気持ちと葛藤していた。

関係を終わらせることは、ひとこと『嫌いになった』と言ってしまえば簡単にできただろう。だが、嘘でもそんなふうに口にできなかったのは、父の店と同じくらい彼女が大切であるからに他ならない。

結局、『麗は大事な存在だよ。お前みたいな秘書は、きっと二度と現れない』と、嘘ではないが薄っぺらい、中途半端なことを言ってしまった。

きっと麗は、自分がひとりの女性ではなく、ただの秘書として見られていただけのように感じたことだろう。これで結果的に彼女が離れていくことになれば、それでよかったと思うべきなのだろうが、いざ彼女を傷つけて、泣かせてしまうと、後悔ばかりが押し寄せる。

一年の終わりの日を迎えた今日も、心は重く淀んだまま。麗は実家に帰ると言っていたし、もうひとりではないから心配はいらないだろう、とお節介なことを考えてばかりだ。

俺は仕事に逃げたくても、休みではできることも限られているし、ひとりで過ごすのに正月料理を作ったって虚しいだけだし……。

自宅のソファに深く身体を沈め、ぼんやりとそんなことを考えていたそのとき、インターホンが鳴った。気怠げに腰を上げてモニターを見に行くと、意外な人物が映っていて、俺は眉をひそめる。

「桐原？」

さらりとした黒髪に切れ長の目。クールで甘さもある顔立ち。それによく似合う知的な眼鏡をかけた、男の俺から見ても綺麗な容姿だと思うやつがそこにいた。こいつがここに来ることは最近ではめっきりなくなっていたが、いったいなんの用だろうか。

とりあえずオートロックを解除して中へ通した。すぐにやってきた彼は、怪訝そうにする俺にやんわりと微笑む。

「なにしに来たんだ、こんな年の瀬に」

「今年も世話になった挨拶をしに来たんですよ。あと、あなたが孤独に耐えかねて飼い始めたペットの様子を見に」

桐原は手にしているスーパーの袋を軽く持ち上げ、笑みを意地悪っぽいものに変化させた。

絶対そんな用事じゃないだろ……。というか、孤独に耐えかねてうさぎを飼ったわけじゃない。引っ越したら部屋が広くなったから、妙に物寂しい気がしただけで。

慣れた様子で部屋に上がる色男に、じとっとした視線を送っていると、彼はケージの前にしゃがんでピーターを撫で始める。

「久しぶりですね、ピーター。おやつ買ってきましたからね」

「なんでお前にも懐いてんだよ……」

動物相手にも敬語で話す姿に吹き出しそうになるも、飼い始めたときに一回会っただけにもかかわらずおとなしく撫でられているピーターを見て、唖然とする。

そんな俺に、腰を上げた桐原はわざとらしくこんなことを言う。

「ケージの中が汚れていますよ。私の代わりにお世話をしてくれる彼女は来ていないんですか？」

「……あいつは実家に帰ってるから」

「ようやく想いが実ったのに、なぜちゃんと繋ぎ止めておかないんですか」

適当に答えたものの、鋭くなった声が返ってきて、俺は目を見開いた。今の口ぶりからして、俺たちのことをすべて知っているらしい。

「なんで知ってんの」

「橘さんから聞きました。忘年会のあと、有咲さんと話したらしいですよ」

橘って誰だ、と一瞬考えたが、エイミーのことか。麗が俺とのことを話すのは仕方ないとしても、なぜエイミーがそれを桐原に垂れ流すんだ。

「あの口軽アイドルめ……」

頭痛がするときのように額に手を当て、脱力してソファにどっかりと腰を下ろした。

こちらにやってきた桐原は、どうやら手土産らしい缶ビールやつまみが入った袋をテーブルの上にゴトリと置く。

「社長が有咲さんを想っていることは、ずっと前から気づいていましたよ。それこそ、プロバイドフーズを買収する前からね」

意外な言葉に俺はピクリと反応して、立ったままの彼を見上げる。

「『アリサは元気でやってるかな』とか、『アリサみたいなやつが欲しい』とか、ことあるごとに口にしていたでしょう。おかげで初めて有咲さんとお会いしたとき、〝ああ、この子が社長が求めていた子か〟と、すぐにわかりました」

したり顔をするこいつが憎たらしいが、鋭い男なので感づかれても不思議ではない。

正確には、以前から想っていたというのは恋愛感情ではなく、ただただ彼女のそのあとを気にしていた程度であるが。

――四年前、調理師をしながら起業に向けての下準備をしていた頃、入社して間もない麗と出会った。

当時、彼女も会社のブラックさにやられていたことは、ひと目見ただけでわかった。

けれど、それからたびたび見かけるごとに逞しさを増していき、俺が辞めるときにはだいぶ成長していたように思う。

あのとき俺は麗に『五年目まで働いたらいいことがあるかもしれない』と言った。もしも俺が事業を成功させ、そのときに彼女の姿をまた見ることができたら、あの環境から救い出してあげたいと、ささやかな目標を抱きながら。

しかし、離職率の高い会社だということもあり、正直そこまで頑張れはしないだろうと高を括っていた。

ときどき、あの子はどうしているだろうかと不思議と彼女の姿が脳裏によぎり、存在を忘れることはなかったが、それほど強く想っていたわけではない。

名字も〝アリサキ〟だったか〝アリサカ〟だったか記憶が定かではなく、とりあえず〝アリサ〟は間違いないということからあだ名にしてしまっていたくらいだし。

だから新社長として就任したあと、麗を見つけたときは驚いたのだ。それと同じくらい、本当に残っていてくれて嬉しくもあった。

確認のために名前を聞き、あのときの彼女だと確信すると、この子を逃してはいけないという気持ちが膨れ、強引に引き抜くことにした。

それからの彼女は見込んだ以上の働きをしてくれて、仕事だけでなくプライベートにおいても信頼できる関係になり、なんとなく気になっていた女の子は、かけがえのない存在となった。

きっと麗は、四年前のしがない調理師のことなど覚えていないだろうな。

出会ってから今までのことを、目を伏せて思い返していると、桐原の心配と困惑が交ざった声が聞こえてくる。

「彼女はあなたが心を委ねられる相手だと確信していました。きっと、なにがなんでも手放さないだろうと思っていたのに、本当にどうして……」

俺はひとつ息を吸い込み、重い口を開く。

「リオンを復活させた店主の紅川は、麗の父親だ。離婚していて、長いこと会っていないみたいだけどな」

腕組みして立っている桐原が目を見開いた。

麗以外に家庭の事情を打ち明けたのは桐原だけで、リオンの一連の事情も話してある。常に冷静沈着な彼も、この事実には驚きを隠せないようだ。

桐原は眉根を寄せ、俺をまっすぐ見つめる。

「それは確かな情報なんですか？」

「ああ。店名も親父さんの名字も合っていたから間違いない」

リオンについて調べ上げ、店主は紅川という名前だと知っていた。麗の口からその名が出たとき、受け入れたくない気持ちでいっぱいだったが、これは現実。運命のいたずらというものは残酷だ。

同じく信じられないという様子の桐原は、硬い表情で口元に手を当てる。

「まさかそんなことが……。でも、これでなんとなくわかりました。あなたがなぜ有咲さんを誤解させるような態度を取ったのか」

彼は納得したようにそう言ったものの、すぐに眉をひそめる。

「このままでは本当に別れることになってしまいますよ。まだ紅川さんの真意がわかったわけじゃないのに、それでいいんですか?」

「別れるとかの前に、俺は肝心な言葉を伝えてなかったから、付き合ってたとは言い難いな」

麗が『私の自惚れだったんでしょうか』と言ったあのときに、初めて気がついた。〝好きだ〟と、きちんと声にしていなかったことに。

俺はこれまで、そういう言葉を使うほど強く想える相手に出会ったことがない。告白されて、なんとなく付き合ってみる交際しかしてこなかったせいで、自分から告白するという経験がなかった。

過去のそれと麗は確実に違うのに、愛していると伝えた気になっていた自分に呆れる。桐原も呆れ顔になり、ため息交じりに「なにやってんですか」と言いながら俺の向かいに腰を下ろした。

俺はソファに背中を預け、桐原も言う〝紅川の真意〟について考える。

「親父の店をパクったって以外に、理由が思い浮かばないんだよ。年明け一日から営業するらしいからさっそく突きつめてくるつもりだけど、仮に和解できたとしても、麗はもう俺を見限ってるかもしれないな」

麗の泣き顔を蘇らせ、自嘲する笑みをこぼす。

身体を重ねておきながら、彼女はそこに愛情がなかったと思っているのだ。ひどい男だと呆れられても仕方ない。やりきれなさを押し殺すべく、桐原が持ってきた缶ビールに手を伸ばした。

すると彼はおもむろに眼鏡に手をかけ、それを外してどこか挑発的な瞳をこちらに向けてくる。

「なら、俺が有咲さんをもらうよ？」

突然変わった口調と雰囲気に、プルタブを開けようとする俺の手が止まった。

そういえばこの桐原生巳という男は、普段は忠実で紳士的な振る舞いをしていても、俺とふたりになると学生時代の調子に戻ることがあるのだった。

年下とはいえ一歳しか違わないため、あの頃からお互い気を使わない仲ではあるが、最近はすっかり敬語キャラに慣れていたから、豹変《ひょうへん》すると少々びっくりする。

それより、麗をもらうってなんだ。桐原もあいつに気があったのか？

「……お前、ああいう子、タイプだっけ」

「しっかり者で献身的な彼女、いいなと思ってたよ。対照的なあなたにはもったいないくらい」

妖艶という言葉が似合う笑みを浮かべて嫌味を言われ、俺は口の端を引きつらせる。

「久々に聞いたな、お前のタメ口と毒舌」

「いつも不敵な社長様がずいぶん弱気だから、ちょっと構いたくなってね」

意地の悪さをかいま見せて楽しんでいるこいつは、絶対サディストだ。俺は完全に受け流せるけど、こんな一面を社員の皆が知ったらひっくり返るだろうな。

桐原も缶ビールを手に取り、お互いにひと口喉に流し込んだ。起業した頃も狭い部屋でよくこうやって飲みながら経営会議をしたな、となんとなく思い返していると、彼がわざとらしい独り言をこぼす。

「有咲さん、二日まで帰省してるんだろ。あなたがリオンに行ってる間に、新潟デートに誘ってみようかな」

聞き捨てならない発言に、胸がざわざわと騒がしい音をたてて不快さを覚える。

こいつと麗が付き合うところなんて見たくない。桐原に限らず、他の男が彼女に寄り添う姿など想像もしたくない。

彼女を完全に自分のものにしたわけではないのに、嫉妬している自分に辟易し、またひと口ビールをあおると少々雑にテーブルに置く。

「そんなつまらねぇ話しかしないんなら帰れ。御曹司の坊ちゃんは、パパママが豪華な料理を用意して待ってんだろ」

「はあ……地雷踏みすぎだって」

そっけなく投げた俺の仕返しのセリフに、桐原は心底不愉快そうな顔をして、苛立ちが滲む声で呟いた。

実はこの男、大手食品会社の社長の息子なのだ。ただ、本人は御曹司扱いされることを昔からひどく嫌がっていて、一時は家族と絶縁状態になりかけたほど。

その仲を取り持ったのが俺で、親父さんから感謝されて、パーフェクト・マネジメントを立ち上げるときにいろいろと援助してもらった恩がある。

つまり、こんな愛想のないやり取りをしていても桐原は恩人であり、特別に大切な仲間なのだ。なんだかんだ言って俺にくっついているこいつを、可愛く思ったりもするし。

　だからもし本当に麗のことを想っているのなら、彼女にも選ぶ権利はあるのだし、俺が口出しできないことはわかっているが……。

「とにかく、あなたとダメになっても有咲さんのことは心配しないで。代わりに俺が幸せにしてみせるから。必ず」

　自信ありげにそう宣言されると、胸の奥が焦げつくほどじりじりと焼けるような感覚を覚えた。嫉妬と悔しさでいっぱいになる。

　こんな調子で、俺は麗とただのビジネスパートナーに戻れるのだろうか。そもそも、父の店と愛おしい人、そのどちらも守ることは本当にできないのか。

　この期《ご》に及んでも葛藤は消えることがない。頭を悩ませながら、桐原と悪態をつき合って酒を酌み交わし、なんとも後味の悪い一年の最終日を過ごした。

回避不能なハートブレイク

雪成さんとケンカをしてタクシーを飛び降りた私は、しばらく建物の陰に身を潜めて泣いた。

ややあって落ち着いてきたものの、彼の顔を思い返すだけで涙は込み上げてくる。

仕方ないので無理やり違うことを考えて、なんとかとぼとぼと歩き始めた。

俯いて駅に向かっていたそのとき、突然「アリサ⁉」という声が響き、ビクッと肩が跳ねる。

び、びっくりした……誰⁉

バッと顔を上げると、前方からこちらに駆け寄ってくる愛らしい女性の姿が視界に入り、私は目を真ん丸にした。

「エイミー……!」

つい先ほどまで一緒にいたエイミーに、こんなところで再会するとは。そういえば、彼女が住んでいるのはこの駅のあたりだと言っていたっけ。

そう思い出したのもつかの間、私の顔を見て戸惑っている彼女に気づいて、はっとした。

いけない、泣いていたことがバレバレだ。濡れた頬を慌てて手で拭い、無理やり口角を上げて問いかける。

「今日は地下アイドル復活しなかったの？」

「あ、うん。本当はやりたかったけど、カラオケ屋、どこもいっぱいでさ～……じゃなくて！」

エイミーは普通に答えたものの、すぐに心配そうな形相になって私の両腕を掴んだ。

「アリサはどうしたの、なんで泣いてるの⁉　ていうか、なんでこんなとこに？　ボスと一緒に帰ったんじゃ……」

そこまで言われた途端、また雪成さんとのことが脳裏を駆け巡り、幾度となく目頭がじわりと熱くなる。

私の様子で彼との間になにかあったと気づいたのか、エイミーはそれ以上問いかけることはせず、優しく肩を抱いて「とりあえず、飲み直そっか」と温かい声をかけてくれた。

近くのカフェバーに入ると、お互い酔い覚ましにジュースを頼んだ。明るくいつも通りに接してくれるエイミーのおかげで、徐々に気持ちが癒やされていく。

打ち明けてもいいものか少し悩んだものの、うまく言い訳を取り繕うことはできなくて、結局先ほどのことを話した。とはいえ、話したのは私の想いが一方通行だったということだけで、身体の関係を持ってしまったことは内緒にしてある。

それを聞いたエイミーは、オシャレなネイルが光る指でストローをつまみながら、神妙な顔で呟く。

「信じられない、ボスがアリサをなんとも想ってなかったなんて。ていうか、とっくに付き合ってるんだと思ってたよ」

「えっ」

「だって、ボスがあんなに気に入ってる女の子は、今までアリサ以外に見たことなかったから」

そう言われると嬉しさと切なさが入り交じって、胸が苦しくなった。

気に入られていたとしても、恋人になれるほどじゃないんだよな……と考えを巡らせていると、彼女が思い出したように言う。

「そういえば、さっきボスがあたしに言ってきたの。『アリサは寂しがり屋だから、エイミーが職場での一番の理解者になってやってくれ』って」

　エイミーは不思議そうにしていても、私にはなぜ雪成さんがそんな助言をしたのかがわかった。

　きっと、私がまたひとりで悩まないように、職場にも逃げ場を作ろうとしてくれたのだろう。ただの気遣いなのか、それとも、もう彼はそういう存在になる意思がないことの表れなのか……。

　私は意味なくストローで氷をカラカラと遊ばせ、自嘲気味の笑みをこぼす。

「私のこと好きじゃないなら、そんな優しさはいらないのにね」

　喉を通ったグレープフルーツジュースが、傷ついた胸に沁《し》みるようでさらに痛く感じた。

　目を伏せて小さくため息を吐き出すと、しばしなにかを考えていたエイミーの口から意外なひとことが飛び出す。

「たぶん、好きなんじゃないかな。ボスも、アリサのこと」

「……え？」

　どうしてそんなふうに思うのかわからず首を傾げる私に、彼女はテーブルに両肘をついて若干身を乗り出してくる。

「ボスってさ、好きなものは好き、嫌いなものは嫌い！ってはっきりしてる人だと思うのね。アリサのこと本当に好きじゃないなら、それこそほっとくでしょ」

彼女の持論は妙に説得力があり、確かに、と納得させられそうになる。私もそう思いたいだけなのかもしれないけれど。

「なにか理由があるんじゃない？　どうしても付き合えない理由が」

真剣な面持ちのエイミーの言葉で、ショックで働かなくなっていた頭が動き始める。

そういえば、さっき父のことを口にしたときも雪成さんの様子はおかしかった。

やっぱりお墓参りをしたあとの会話に、なにかヒントが隠されているのだろうか。

しかし、彼がなにを抱えているかは本人にしかわからない。今日ですらほとんど本心は語ってくれなかったのに、それを聞き出すことはできそうにない。

今の私は、失恋同様のこの痛みからどうやったら逃れられるのかを考えるだけで精いっぱいだった。


それからもエイミーは持ち前の明るさで励ましてくれて、おかげで多少気分を軽くして帰ることができた。

桃花にも一部始終を聞いて慰めてもらって、実家に帰る大晦日《おおみそか》の今日は幾分か、つらさが和らいでいる。

私は玄関でブーツを履きながら、見送りをする桃花になにげなく質問してみる。

「桃花は颯太と初詣行くの？」

「あー、うん。一応そのつもり」

颯太の名前を出すといまだに照れる初々しさに微笑ましくなりながら、ちょっぴり意地悪な忠告をする。

「私がいない間にここに連れ込んで、いかがわしいことしないでよ？　それはさすがに気まずいから」

「するわけないじゃん！　私だって嫌だよ！」

顔を赤くして必死になる彼女には笑ってしまう。からかってごめんね、と心の中で謝った。

荷物をまとめた大きめのバッグを持ち、「じゃあ、よいお年を」と声をかけてドアに手をかけたとき、桃花が優しく微笑んで言う。

「麗は来年、運勢抜群のラッキーな年なんだって。きっと今年よりいいことがあるよ」

傷心中の私をさりげなく励ましてくれる彼女に、笑みがこぼれる。気休めだとしても、その心遣いが嬉しい。

星占いはあまり信じないタイプだけれど、今は信じてみようかなと思いつつ、「そうだといいな」と返した。

二時間ほど新幹線に揺られ、降り立った地は、山も建物の屋根も白く染まっていて、その風景も空気も懐かしいものだった。

東京に比べると断然人が少ない駅を出ると、ロータリーに停まっていた一台の白い軽自動車から、ひとりの女性が姿を現した。

ひと目見た瞬間、自分が学生に戻った感覚に陥る。

「麗！」

こちらに駆け寄る母に懐かしい声で名前を呼ばれ、感動と呼んでいいのかわからないが、とにかく熱いものが込み上げてくる。

数年ぶりに会う母はシワが増えているものの、綺麗に年を取っているなという印象で、前より雰囲気が柔らかくなった気がした。

照れくささと気まずさを感じながらも、きちんと目を合わせて挨拶する。

「……ただいま」

「おかえり」

眉を下げる母は、泣きそうな顔をしながらも目いっぱいの笑顔を見せて、言葉を噛みしめるように返してくれた。

母子ふたりで暮らしていたアパートに久しぶりに帰ると、私の部屋はほぼそのままの状態になっていて、タイムスリップしたような感覚を抱いた。

母はたくさんの料理を用意していてくれて、それをつまみながら近況を話したり、大晦日の特番を観たりと、長年会っていなかったのが嘘みたいに心地よく過ごしている。これが家族というものなのかな。

心まで温かくなるのを感じながら、こたつに入ってまったりしていると、母が分厚いファイルのようなものを持って斜め横にやってきた。

「麗、これ見てみる？」と言われて差し出されたファイルを、小首を傾げて開いてみると、赤ちゃんの写真が目に飛び込んでくる。

「わ、アルバム？　こんなのあったんだ」

そういえば、私が小さい頃の写真ってあまり見たことがない。おそらく、父が写っているから見せないようにしていたのだろう。

興味深くページをめくっていくと、若い頃の両親や、自分でも可愛いと思う小さな私がたくさん写っていて、笑いと感嘆の声がこぼれる。

「うわあ……このときとか、なんとなく覚えてる」

「初めて遊園地に行ったときね。この頃の麗は高いところが苦手で、お父さんにくっついてばっかりだったわ」

母も一緒に写真を覗き込み、母性溢れる穏やかな表情で懐かしそうに言った。

写真の中で笑っているふたりはとても仲がよさそうで、なぜ離婚したのかと不思議に思うくらいだ。さまざまなすれ違いが重なっての結果らしいから、不仲が原因だったわけではないのだろうけど。

まあ、男女にはいろいろあるよね、なんてどこか達観した気分で若かりし頃の両親を見ていて、ふと思う。

「お父さん、こんな顔だったっけ。記憶の中ではもっとカッコよかった気が」

「あっはっは。美化してたわね」

真顔で言う私に、母はおかしそうに笑った。しかし、その面持ちは少し憂いを帯びたものに変わっていく。

「麗が東京に出ていったあと、お父さんにもすごく申し訳ないことをしたって反省したの。あの人も麗の親なのに、私の気持ちだけで会わせないようにして、本当に悪かったなって」

切なげに昔の父を見つめる彼女からは、たくさん悩んだり後悔したりしたであろうことが窺える。ひとりで私を育てるために、あえて父を遠ざけて、母なりに必死だったことが今ならわかるから、もう責めたりはしない。

静かに耳を傾けていると、母は目線を上げ、表情も声も明るくして話を続ける。

「ずっと連絡を取ってなかったんだけど、そのことを謝ってからときどき話すようになった。お店を始めたって聞いたときはびっくりしたわ」

「ああ、リオンっていう洋食屋だっけ」

「そう。お父さんの亡くなったお友達が昔やってたお店なの。その人が病気になってからお店を閉めることになって、いつかまたお前がやってくれないかって頼まれてたみたいよ」

それを聞いた瞬間に、今の母の話と、以前も耳にしたエピソードが頭の中でリンクした。

〝病気になってからお店を閉めることになった〟って、雪成さんのご両親と一緒……。まさか、同じってことはないよね?

胸の中がざわめくのを感じながら、念のため確認してみる。

「その友達の名前は?」

「さあ。そこまでは聞いてないわ」

答えは得られず、私は「そう……」と呟いて頷くしかなかった。

きっと考えすぎだろう。こんな偶然の出会いがそうそう起こるわけがない。

とはいえ、雪成さんの様子が変わるときにはいつも父の件が絡んでいた。彼はなぜか父の名字を聞いてきたし、出身地も同じだし……。

一致することが多く、まさかの繋がりの可能性に動揺していると、母が優しい声を投げかける。

「麗も、お父さんに会いたければ会いに行っていいのよ。もう子供じゃないものね」

今までは絶対に言われなかった彼女の言葉に、一旦雪成さんのことを考えるのをやめにした。

父にはいつか会いたいし、それを許してもらえたのは嬉しい。けれど、それよりもまず大事なことがある。

「……ありがとう。でも、今回はやめとく。まずはお母さんとたくさん話したいから」

ちょっぴり照れくささを感じつつも素直な気持ちを伝えると、母は心底嬉しそうな笑みを浮かべた。

「じゃあ、恋の話聞かせてくれる？」

「ええっ」

そうくるとは予想外で、ドキリとする。一応まだ傷心中なので、恋愛ネタは振らないでほしいのが本音だ。

そんなことを知る由もない母は、上機嫌で私のグラスに手作りの梅酒を注ぐ。

「夢だったのよー、娘と恋バナするの。学生時代は全然口きいてくれなかったから、今夜はたっぷり聞かせてもらうわよ」

「そんなぁ……」

もうその気満々の母には抗えず、結局口を割らされることとなった。

とはいえ酔っぱらうと口が軽くなるもので、とりあえず過去の恋愛話を面白おかしく暴露して、それなりに楽しく年を越したのだった。


新年を迎えた今日も、私は昨日と同じくこたつに入って、友達にのんびり年賀メッセージを返している。

実家に戻ってきた途端、完全に学生化している自分に呆れつつも、ぬくぬくしたこたつから離れられないでいるところに、一件の新しいメッセージが届いた。

「え、珍しい」

思わずそう声にした相手は、桐原専務。彼とは連絡先を交換したものの、個人的なやり取りをしたことはほとんどない。

わざわざ新年の挨拶か、とマメな彼に感心して内容に目を通す。

【あけましておめでとうございます。新年早々すみませんが、明日私とデートしていただけませんか？】

は？　デート？

唐突な誘いに目が点になる。

「……イクミン、送る相手間違えてない？」

独り言を漏らして画面を見つめたままでいると、続けてもうひとつメッセージが届いた。

【私が新潟に行きます。社長のことも、少しお話しさせてください】

どうやら間違いではなかったらしい。それより、雪成さんのことを出されたら断る気など起きなくなる。

昨日から、父の店と雪成さんの繋がりについて、ずっと考えているのだ。もしかしたら桐原さんなら、なにか知っているかもしれない。

まず新年の挨拶を返したあと、【明日、会いましょう。私もお聞きしたいことがあります】と送り、待ち合わせの時間や場所を決めていった。

翌日の午後二時過ぎ、母にひとときの別れを告げて実家をあとにし、最寄りの越後《えちご》湯沢《ゆざわ》駅へと向かう。構内のロッカーに荷物を預けて桐原さんと落ち合うと、すぐそばにある落ち着いた雰囲気のカフェに入った。

彼は雪成さんと同じく、シンプルな私服姿もカッコいい。この彼とふたりでデートまがいのことをしているのが、なんとも不思議だ。しかも新潟で。

窓際の席に向かい合って座り、年末年始できっと混雑していただろう新幹線から解放された彼を労う。

「新幹線、混んでいて疲れたでしょう。指定席でした？」

「来ると決めたのは一昨日なので、自由席しか取れませんでした。でも、上越新幹線はピーク時もまだ余裕がありますね」

彼はいつもの穏やかな調子で言い、メニューを見てお互いの飲み物を頼んでくれた。

ますます不思議だな……。なんで急にここに来て、私と会うことにしたんだろう。

まずその疑問をぶつけてみる。

「どうして、そうまでしてこんなところに？」

「新潟観光をしたかったんですよ」

即答されたものの、なんとなく腑《ふ》に落ちなくて若干眉をひそめると、桐原さんは眼鏡の奥の瞳を細めて意味深に微笑む。

「というのは建前で、有咲さんに早くお会いしたかったんです。思ったより元気そうでよかった」

……ん？　その言い方、まるで私の恋愛事情を知っているかのようですが、ひょっとして。

「誰かになにか聞きました？」

「橘さんが『アリサとボスがハートブレイクしちゃってるから、イクミン、なんとかできない？』と助けを求めてきたので」

淡々とエイミーの口調を真似る彼は面白いけれど、笑うよりも脱力してうなだれてしまう。

エイミー、なんで言っちゃうかな！　口止めするのを忘れていたことが悔やまれるわ……。

「なんて口軽なアイドル……！」

「社長と同じ反応ですね」

おかしそうにクスッと笑った桐原さんのひとことにはっとして、私は姿勢を正した。

この方は、私が元気かを確認するためだけにここまで来たわけではないはず。さっそく大事なことを聞いてみようと思考を切り替える。

「あの、雪……社長についてのお話というのは？」

私が尋ねた直後、ホットのブラックコーヒーとカフェラテが運ばれてきた。

一旦私たちはそれに口をつけ、ひと息ついたところで、桐原さんが真剣な眼差しを私に向けて口を開く。

「単刀直入に言うと、あなたに対するあの人の態度が変わったのは、彼のご両親の洋食屋が原因です。リオンという名前の」

気になっていたことが一気に知れて、私は大きく目を見開いた。信じられないが、父と雪成さんのお父様はやはり繋がっていたのだ。

「やっぱり、そうだったんですね！」

「ご存じでしたか？」

「はい。父は友人の頼みでリオンを再び開店させたと、一昨日、母から聞きました。私もその友人が社長のお父様じゃないかと思って、桐原さんにお聞きしたかったんです。まさか、本当にそうだったなんて……」

奇跡的な偶然に驚きを隠せず、鼓動も速まる。瞠目する私に、桐原さんは少し眉根を寄せて尋ねてくる。

「頼みで、というのはどういうことです？」

「社長のお父様が店を閉めることに決めたあと、いつかまたやってくれと頼まれていたそうなんです。詳しいことはわかりませんが」

母から聞いたことをそのまま伝えると、彼は若干動揺した様子で片手を口元に当て、ボソッと独り言を呟く。

「悪意があってのことじゃなかったのか……」

「え？」

なんだか物騒な言葉が飛び出し、私の表情が強張る。

いったいどういうことなのかと目を見張って数秒、桐原さんは中指で眼鏡を押し上げ、私を見据えてこう言った。

「社長は、父親の店を紅川さんが真似したのではないかと疑っていました」

ドクン、と心臓が重苦しい音をたてる。同時に、私がリオンや父の名前を口にした途端、雪成さんの様子が変化したわけを理解した。

父同士で約束を交わしていたことなど想像もしないだろうし、本当の理由を知らなければ誤解しても無理はない。

　表情を曇らせる私と同じく、桐原さんも浮かない顔で声のトーンを落とす。

「社長にとってはなにより思い入れのある店ですから、他人がやるのはどうしても許せないのだと思います。そのせいで紅川さんを憎む気持ちが少なからずあるから、あなたを悲しませないために、この先も一緒にいることをためらったんでしょう」

「そんな……」

　じゃあ、わざと私への愛がないように振る舞ったの？　リオンの件での誤解のせいだったなんて、どうしようもなくやりきれない。なにより、彼が苦しい感情を抱えているのは私にとってもつらいこと。早くそれを取り除いてあげたい。

　いても立ってもいられず、私はバッグからスマホを取り出す。

「私、社長に説明を――」

　そのとき、大きな手がこちらに伸びてきて、連絡するのを制するように私の手に触れた。目線を上げれば、難しい表情をした桐原さんがいる。

「彼は今頃リオンに向かっているはずです。信念を貫く人ですから、直接話をしないと納得できないかもしれません」

「そう、ですか……。誤解が解けるといいけど」

それならば仕方ないとスマホをテーブルに置いたものの、胸のざわめきが治まらない。父がすべてを話しても、雪成さんが信じてくれなかったらどうしよう。

不安で落ち着かず、カフェラテを飲む気にすらなれずにいたとき、スマホが音を奏で始めた。

光るディスプレイを見て、一瞬息を呑む。表示された名前が、今まさに話していた人のものだったから。

「雪成さん……」

「どうぞ、出てください」

自然にふたりきりの呼び方が口をついて出てしまったが、桐原さんは構わず出るように促した。私は鳴り続けるスマホを見つめ、少々ためらう。

雪成さん、もうリオンに行ってきたんだろうか。どうして私に電話を？ 話すのはケンカした日以来だし、彼がなんと言おうとしているのかがわからなくて怖い。でも、逃げちゃダメだ。

意を決して受話器のマークをタップし、耳に近づける。

「はい、有咲です」

『麗』

大好きな声が、鼓膜に留まらず胸までも震わせた。声を聞かなかったのはたった数日なのに、ずいぶん懐かしい感じがする。

条件反射みたいに目頭が熱くなるけれど、そんなことを知る由もない彼は、なんだか急いでいる調子で問いかけてくる。

『今どこにいる？』

「え？　っと……越後湯沢駅の近くのカフェ、です」

なぜか居場所を聞かれ、キョトンとするも、とりあえず答えた。

すると桐原さんがこちらに手を伸ばし、「貸して」と合図する。それに気を取られて、電話の向こうで雪成さんがなんと言っているか聞き取れない。

挙動不審な動きをしていると、「早く」と急《せ》かされるので、私はあたふたしつつスマホを手渡した。彼は流れるような動作でそれを耳に当てる。

「あけましておめでとうございます、社長」

平静に新年の挨拶をする彼を、私は不安げに見つめる。

つい渡してしまったけれど、私が桐原さんと一緒にいると知ったら、雪成さんはどう思うだろう。……って、完全な恋人とは言い難い関係だから、気にすることではないのか。

急に切なさが押し寄せてくるも、桐原さんの口から驚くべき発言が飛び出し、それどころではなくなる。

「今、有咲さんとデート中なんです。三時半には新幹線に乗って帰る予定なので、貴重な時間を邪魔しないでください」

「えっ⁉」

思わず、すっとんきょうな声を上げた。

だって、私が乗る新幹線は夕方の五時台で、まだまだ時間はあるんだもの。しかもデートなんて言ったら、ますます誤解されるかもしれないのに！

唖然としている間に、通話は桐原さんの長い指のひと押しによって強制終了されてしまった。

「あ、ちょっ、桐原さん⁉」

「すみません、デタラメを言って」

彼はあまり悪気がなさそうな調子で謝り、私にスマホを返した。そして、今の発言の真意を教えてくれる。

「あの人を試したんです。私と一緒にいて、帰りの時間も迫っていると知って、社長があなたを奪いに来るかどうか」

雪成さんが私を奪いに――?

来てくれたらもちろん嬉しいけれど、あの人が私のことで必死になったりするだろうか。彼はいつも余裕で、あくせくする姿は見たことがないし、まだ私に対する彼の気持ちに自信が持てない。

期待よりも不安のほうが大きく、俯き気味になる私に、桐原さんが優しく微笑みかける。

「もしも来なかったら、私にあなたを慰めさせてください。これでも男ですから」

きっと私を励ましてくれているのだろう。彼の心遣いは素直にありがたくて、私は眉を下げたまま笑みを返した。

しかし、覇気のない笑みはすぐに消えてしまう。あの人がいなければ、心から笑うことなどできない。

白く染まった窓の外の景色をぼんやりと眺め、彼の気持ちは今どこに向かっているのか、見えない心に想いを馳《は》せた。

愛して、抱きしめて

駅構内に設置された時計の針は、あと数分で三時半を指そうとしている。私は桐原さんと一緒に、改札の前に手持ち無沙汰で立っていた。

電話をしてから三十分経つが、雪成さんはまだ来ないし、連絡もない。リオンは駅から車で十分ほどの距離にあるそうで、電話のあとすぐにこちらに向かっていれば、もう着いているはずだ。

交通機関のトラブルかなにかで遅れていることも充分あり得る。しかし、今の私にはそう思える余裕はなかった。

ついに三時半を過ぎても来る気配はなく、構内にやってくる人々を眺めるのをやめ、改札に向き直る。桐原さんは腕時計を見て、ため息交じりに言う。

「来ませんね……」

「あの人は、そう簡単に挑発に乗ったりはしない気がします」

苦笑と共にそうこぼすと、彼も小さく笑って「さすが、よくわかっていますね」と褒めた。

これは褒められても微妙だな、とさらに苦笑を重ねるも、桐原さんは私を安心させるようなしっかりとした声をくれる。

「でも、それは時と場合によります。彼はそのあたりの判断もできる人ですよ」

なんの確証もないけれど、その言葉は心強くて、沈んだ気持ちがわずかに浮上する気がした。

すがるように桐原さんを見上げていると、彼は私の首元あたりを注視して、なにかに気づいたらしくクスッと笑う。そしていつかと同じようにこちらに手を伸ばし、下ろしている髪の毛をそっと掻き分けた。

そうされて、はっとする。今日つけているのは、歓迎会のときにしていたのと同じネックレスだ。きっとまた留め具が前に来てしまっているのだろう。

気づいて直そうとしたものの、彼のほうが早かった。前回同様、抱きしめるかのごとく身を屈めて接近された、その瞬間。

なぜか後方から胸の前に誰かの腕が回され、桐原さんから引き離された。私は驚いて肩をすくめ、目をしばたたかせて後ろを振り向く。

そうして視界に入った光景は、夢を見ているかのように現実味がなかった。

私をバックハグしているのは、息を切らせた雪成さんだったから。

目を見開いて固まる私とは違い、桐原さんは特別驚いた様子もなく、「社長……」と、ぽつりと呟いた。

「ったく……事故で渋滞なんかしなかったら、余裕でかっさらえたのに」

髪も呼吸も乱れているところからして、途中から走ってきたことが窺える。そんな雪成さんは私を抱いたまま息を整え、鋭い瞳で桐原さんを捉えて言い放つ。

「悪いが、どうしても麗は譲れない。俺以外、誰にも」

独占欲を露わにした言葉に、心臓が大きく揺れ動いた。

彼が必死にここへ、私の元へ来てくれたことをようやく実感し始め、胸の奥から熱いものが込み上げてくる。

ところが、雪成さんの正面に向き直らせられたかと思うと、彼が突然深々と頭を下げたのだ。私はギョッとしてしまう。

「ちょっ、雪成さ――」

「すまない。俺の勝手な推測でお前を傷つけて、泣かせて……本当に悪かった」

真摯に謝ってくれていることは充分わかり、安堵と恐縮が入り交じったような、複雑な心境になる。

ただ、こうやって謝るということは、きっとリオンの誤解は無事に解けたのだろう。

それだけで、ものすごくホッとした。

「私なら大丈夫です。今、こうやって会えたから」

雪成さんの肩に触れると、彼はゆっくり頭を上げる。やっと合わせたその顔は、なんだか私よりも傷ついているように見えるので、元気を出してほしくて微笑みかけた。

すると、私たちのやり取りを静観していた桐原さんから、若干嘲った調子の声が投げられる。

「普段の社長からは想像できないほどカッコ悪いですね」

堂々と皮肉を口にするので、内心ひやっとする。しかし、腕組みをする彼の顔には穏やかな笑みが浮かんでいた。

「でも、今のあなたも人間らしくていいと思います」

それはたぶん、彼なりの褒め言葉。雪成さんは心地悪そうな顔をしていたけれど、私はちょっぴり笑ってしまった。

桐原さんもこちらを向き、いたずらっぽく口角を上げる。

「よかったですね、有咲さん。あとはおふたりで話し合うなり、温め合うなりご自由にどうぞ」

「あたっ……⁉」

〝温め合う〟って表現、やめてくださいよ！　この桐原さんから生々しい冗談が飛び出すとは。

赤面してあたふたする私に反し、雪成さんはいつもの調子を取り戻していて、なにかに納得した様子で言う。

「こんなところまで来て麗に会ってたのは、俺をけしかけるためか。なんとなくそうじゃないかとは思ってたけど」

どうやら、桐原さんが私に気があると見せかけた行動を取っていたことの理由に気がついたらしい。

眼鏡のブリッジを押し上げた彼は、それを認めるように小気味いい笑みを見せる。

「社長はこれまで本気の恋愛をしたことがなかったでしょう。こうまでしないと、仲直りのきっかけも掴めないんじゃないかと懸念したもので。リオンでもなにをやらかすかわからなかったので念のため出向きましたが、それも心配無用でしたね」

本当にすごい……私たちのためにそこまですることが。ただの友達というだけではここまで動かないだろうし、やっぱりふたりの友情はとても深いところで結ばれているんじゃないだろうか。

彼の行動は雪成さんですら予想外だったらしく、若干呆れが交ざった真顔で呟く。

「お前もそんなに俺が好きだったとは」

「気持ち悪いことを言わないでください」

桐原さんの目が急速冷凍されたみたいに冷たく変化して、かぶせ気味にツッコんだ。根は仲良しだとわかっているので、おかしくてクスクス笑っていると、桐原さんが意外な言葉を放つ。

「有咲さんを気に入っているのは本当のことですよ。これからも、隙あらば奪うかもしれません」

「へっ？」

私の口から間抜けな声がこぼれた。

いやいや、冗談というのはわかっているんだけど……。

挑発的な瞳で雪成さんを見据える彼が、いつもの紳士的な専務とは明らかに違っていて、私は目を見張る。

「だから覚悟しといて、ゆっきー」

「もう隙なんか見せねぇよ、イクミン」

軽く火花を散らしながらも、お互いをあだ名で呼び合うふたり。ボケているのか真面目なのか、ツッコミどころがわからなくて困る。

微妙な笑いを浮かべて彼らを見ていると、専務の顔に戻った桐原さんが気を取り直すように背筋を伸ばす。

「では、私は観光してから適当に帰りますので、また会社でお会いしましょう」

「あっ、はい。あの、本当にありがとうございました……！」

私は深々と頭を下げ、凛とした笑みを残して颯爽と去っていく彼を見送った。私と同じく彼の背中を見つめる雪成さんも、きっと心の中では感謝していることだろう。

胸を撫で下ろしてひとつ息を吐くと、雪成さんがこちらに視線を移して問いかける。

「そういえば、新幹線の時間は？」

「ああ、まだです。あれは桐原さんが適当に言ったことで」

「……あいつ、いつか抹殺してやる」

「社会的にだとしてもダメですよ」

雪成さんが据わった目で恐ろしいことを呟くものだから、即座に宥めた。もちろん冗談なので、彼はすぐに苦笑を漏らす。

「俺が間違っていたことを自覚して、一刻も早く麗に会わなければと思った。桐原の挑発に薄々感づいていても、お前を放っておくことはできなかった。途中でタクシー降りて走るとか、ひとり青春ごっこかよ……」

脱力しながらぼやく彼には笑ってしまうけれど、必死になってくれたことがやっぱり嬉しい。

「もう、こんなふうには会えないと思ってました」

嬉しさの中に切なさを滲ませた本音が自然にこぼれ、今さらながら気まずさを感じて目を伏せた。

それもつかの間、頬に冷たい手がそっと触れ、再び目線を上げる。憂いを含みつつも愛おしそうにこちらを見つめる彼は、私の存在を確かめるかのように頬を撫でる。

触れる手の温度は低いのに、心には温かなものが広がっていく感覚を覚え、大きな手に自分のそれを重ねた。

……ああ、もっと触れたい。あなたの唇に、肌に。

そんな欲情を抱いたのは、きっと私だけじゃないはず。そう確信したのは、雪成さんがなにかをぐっと堪えるような顔をして手を離したから。

「時間まで、どこかで話そう」

努めて平静に言われ、私も「はい」と頷いた。

まずは、お互いの気持ちをちゃんとすり合わせなければ。理性を飛ばしてもいいのは、それからだ。

私が乗る新幹線は、偶然にも雪成さんが取っていた時間のものと同じだった。こんなところで気が合うとは、と驚きつつも喜び、それまで駅のすぐそばにある足湯に浸かりながら話すことにした。

あたりは雪景色で、風はないが空気は当然冷たい。それでも、源泉かけ流しのお湯に両足を入れるとたちまち身体が温まり、心も柔らかくほぐれていく。

皆、初詣にでも行っているのか穴場なのか貸切状態の中、身体を寄せて隣に座る雪成さんが口を開いた。

「紅川さんがリオンを開店させたのは、元はといえば俺のためだったんだ」

「雪成さんのため？」

彼はひとつ頷き、私の父に聞いてきたらしい内容をゆっくり話し始める。

「もともと人気があったあの店は、できることならまたやってくれって声が多かったらしい」

そんなに地元の人たちに愛されていた店だったんだ。きっと、雪成さんのご両親の人柄も、店同様に親しまれていたに違いない。

「もちろん紅川さんもそう思っていたひとりだったけど、『息子が帰ってこられるように、いつかリオンを再開してもらいたい』っていうのが、親父と母さんの強い願いだったたって」

一番大きな理由を明かされ、心が切なく締めつけられた。

疎遠になっていても、病気になっても、自分の息子のことをひたすら思い続けていたご両親の深い愛情に胸を打たれる。

「雪成さんのこと、ずっと心配してたんですね」

「ああ。まさかそんな理由からだったとは、思いもしなかった。親父が、俺の居場所を残そうとしてくれてたなんて」

彼は膝の上に両肘をつけ、視線を宙にさ迷わせる。頭の中には、きっとご両親の姿が蘇っているのだろう。

「いくら親友の頼みでも荷が重い、と紅川さんはだいぶ悩んだらしいが、親父が渡したレシピを何度も試作して、全部完璧に味を再現させたんだ。自信をつけてようやく復活させることができて、俺にも会えてよかったたって、嬉しそうに言ってたよ」

私や母と離れた父が、ひとりで葛藤と試行錯誤を繰り返しながら開店にこぎつけた姿が思い浮かび、感極まってしまう。

家族をなくした父にとっても、リオンを再開させるという目標があったことは、生きていくための大きな力になっていたに違いない。

「私の父が、雪成さんとご家族との架け橋を作ったってことですよね。なんだか誇らしいです」

「さすがお前の親父さんだよ。温情深くて、真面目で芯が通ってて、素敵な人だった。麗とそっくり」

優しい笑みを向けられて胸がじんわりと温かくなり、嬉しさで私の口元も緩んだ。

しかし、雪成さんの表情は次第に暗くなっていく。

「それなのに俺は疑って、憎むことしかできなかった。本当に申し訳なかったと思ってる」

肩を落として再び謝る彼に、私は慌てて首を横に振った。

誰も悪くないし、最終的になんの問題も起こらなかったのだ。自分を責める必要などない。

「もう謝らないでください。……それよりも、愛してほしいです」

大胆なひとことが自然に口からこぼれ、わずかに驚きを含んだ彼の瞳がこちらに向けられた。

私は膝の上で、きゅっと手を握り、その綺麗な瞳をまっすぐ見つめ返す。

「私も、雪成さんの全部を受け止められる存在になってみせます。だから、ずっとそばに――」

切実な想いを口にしていた途中、彼の唇で塞がれて最後まで言葉にできなかった。

重なった唇が少しだけ離され、熱い視線が絡み合う。

「麗はひとりの女として、とっくに必要不可欠な存在になってるよ。そうじゃなきゃ、俺は今ここにいない」

流れる水音を掻き消し、彼の声だけが耳に届く。安堵とときめきを同時に感じていると、片手で彼の胸に抱き寄せられた。

「離れられるわけなかったんだ。俺が愛せるのはお前しかいないんだから」

ずっと望んでいた言葉がもらえて、瞳にじわりと涙が滲んだ。

ようやく両想いになれたのだと、心から実感できる。掴んでいないとどこかへ行ってしまいそうだった彼は、しっかり私のそばにいてくれている。

それでもやっぱり、もっとくっつきたいのが乙女心。恥を捨て、彼の腰に腕を回してぎゅっと抱きついた。

東京に着くと、一緒に雪成さんのマンションへ帰り、なにも言わなくても示し合わせたかのように真っ先にベッドルームへ向かった。

離れていた期間は短いのに、ずいぶん長いこと触れ合っていなかった気がする。お互い焦燥に駆られながらも、じっくりと味わうようなキスと愛撫を繰り返して、身体はとろとろに溶かされていった。

私の中に彼の熱を迎え入れると、指を絡めて快楽の波にさらわれそうになるのを堪える。

ただ、甘ったるい声を漏らすのだけは堪えられない。喘《あえ》ぐ私に、呼吸を乱した雪成さんが少し苦しげでセクシーな声で「麗」と呼ぶ。

「愛してる」

次いで囁かれた言葉に反応して、私は閉じていた瞼を押し上げた。

「伝えるの、遅くなってごめん」

私を見下ろす雪成さんの色っぽく情熱的な表情が、瞳に張る膜でぼやけていく。

ずっと、ずっと欲しかったシンプルな五文字。それをやっと聞けた嬉しさと幸せで、目尻から涙が溢れ、こめかみを伝った。

その雫《しずく》をキスで拭った彼は、私の髪を撫でてひとときだけ穏やかな笑みを見せる。

「こんなクサいセリフが、自分の口から自然に出るとはね。初めてだよ」

「……もっと言って？」

素直な気持ちを口にして、雪成さんの首にしがみついた。

彼は一瞬目を丸くしたものの、すぐに困った顔になり、肌を密着させて私を強く抱きしめてくる。

「そんなに可愛くおねだりされると、余裕なくなる」

耳にキスをされながら囁かれた直後、激しく攻め立てられ始め、私のほうがどうにかなりそうなほどの快感が全身を駆け巡る。

余裕がなくなると言いつつも、彼はそれからもたくさん愛の言葉をかけて、私を幸福で満たしてくれた。最高だと思ったクリスマス以上に。

これからも、この幸せの記録をふたりで塗り替えていけたらと、恍惚に浸りながら真剣に願った。

四六時中、あなたのお気に召すまま

寒い冬を越え、桜の木もすっかり新緑へと変わった五月初旬。

ゴールデンウィーク真っ最中の今日は、雪成さんと共にリオンに来ている。なんと、私の母も一緒に。もうすぐ私の誕生日ということで、十数年ぶりに両親がお祝いしてくれるというのだ。

『雪成さんもぜひ連れてきて！』と強く頼まれ、なんだか顔合わせ状態になっている。母はファーストコンタクトですでに彼を気に入ったらしく、さっきからとっても上機嫌だ。

父は再婚しておらず、交際している女性もいないそうで、ふたりはいつの間にか昔の仲のよさを取り戻している。勝手にこの計画を進めていたので、聞いたときは唖然とした。確かに父に会いたいと願ってはいたが、こんな形で実現することになるとは。

午後二時にランチの営業が終わったら、一旦店を閉めてゆっくり話せるからと、昼どきを過ぎてからやってきた。

リオンの入口の前まで来て、私は大きく深呼吸をする。この中に父がいると思うと、気持ちは逸《はや》るにもかかわらず少し足がすくむ。

「はあ、緊張する」

「大丈夫。顔を見せるだけで喜ぶよ」

雪成さんは私を安心させるようにおおらかな笑顔を向け、ドアの取っ手に手をかける。そうしてドアが開かれたレトロな店内には、まだお客さんが結構いる中、忙しく動くコックコート姿の男性が目に入った。

それとほぼ同時に、彼がこちらを振り向く。

「いらっしゃい──」

普通に客が来ただけだと思ったらしい彼は、私を見てみるみる目を丸くする。数年ぶりに会った私から目が離せないみたいだ。

記憶にある父よりもだいぶ年を重ねた顔。でも滲み出る優しい雰囲気は昔のまま。

そんな父を見つめて私も佇んでいると、彼はこちらに一歩足を踏み出した。

「……麗？」

幻を見ているかのような顔で名前を呼ぶ彼に、私は熱いものが込み上げるのを感じながら、ふわりと微笑む。

「久しぶり、お父さん」

ゆっくり言葉を紡ぐと、父はたまらないといった感じで駆け寄ってきた。ちょっぴり泣きそうな顔で私の腕をしかと掴む彼は、感激してくれていることがよくわかる。

「麗！　ああ～、こんなに美人さんになって……父さん緊張する」

「昔の私を見てるみたいでしょ？」

母が私の隣にひょこっと立って、したり顔をするものの、父は「母さんより綺麗かも」と真面目に言うので、母の目が据わった。

ふたりのやり取りを雪成さんと一緒に笑っていると、父は感極まった表情を再び私に向ける。

「ありがとう、来てくれて」

やっと会えたのだと実感し、つかの間ではあっても家族がまたひとつになれたことをとても嬉しく思いながら、「こちらこそ」と返した。

それから、父が私たちのために用意していた特別なごちそうを出してくれて、舌鼓を打ちながら、たらふくいただいた。

その最中、オードブルの中にあった、小さくカットされたサンドイッチを食べた瞬間のこと。

〝ああ、懐かしい味だ〟と感じたのだ。雪成さんと初めて会った日にもらったサンドイッチを食べたときと同様に。実際、今日のそれはパンの種類も挟まれた具も同じだった。

実は昔、私もリオンに行ったことがあるという話を母から聞いている。もしかしたら雪成さんはお父様と同じレシピでサンドイッチを作っていて、その味を私も覚えていたのかもしれない。

そう考えると、不思議で奇跡的な巡り合わせが起こっていたのだと思う他なく、ひとり感動してしまった。

さらに父はケーキまで作っていて、店員さんも一緒に歌を歌って祝ってくれた。自分がこんなふうに祝ってもらえるとは思っていなかったので、恥ずかしさもありつつ感激で胸がいっぱいだ。

私の隣に座る雪成さんも、料理を運んでくる父と和やかに話していて、その様子を見ているだけでほっこりする。

ランチ営業を終えたあと、貸切状態の店内でケーキとコーヒーを食べているところに、父もやってきた。

母の隣に座った父は、しばし近況を伝え合ってから雪成さんに視線を向け、こんな提案を始める。

「雪成くんは、ここで働く気はないかい？　もともとは君のお父さんの店だし、君がやることを望んでいたから、どうかなと思ってね」

それを聞いて、私は少々複雑な気分になる。

雪成さんはこの店に並々ならぬ思い入れがあるのだし、今ならここを継ぐことも選択肢の中に入っているかもしれない。彼がそれを望むなら、私も応援したい。

しかし、そうなるとまた離れなくてはいけないだろう。遠距離は不安になるし、寂しいに違いないから、できれば避けたいのが本音だ。

私の心情を知ってか知らずか、雪成さんはゆるりと微笑んで軽く頭を下げた。

「ありがとうございます。お気持ちは本当に嬉しいのですが、私は私の場所でやるべきことがたくさんあります。大切にしたい、守りたい人たちのために、まだまだ精進していかなければならない」

彼が出した答えで、一抹の不安はすんなり消えていく。

〝大切にしたい、守りたい人たち〟というのは、おそらくパーフェクト・マネジメントの社員のこと。しかし、ちらりと私に流し目を向けられたことで、自分がその中でも特に想われているような気になってしまう。

おめでたい自分に呆れつつも、社長を続ける意思を確認して正直ホッとしていると、彼は父をまっすぐ見つめて続ける。

「ここは紅川さんにお任せいたします。この場所があるだけで、私は充分です。これからは父のメニューに囚われず、紅川さんの〝リオン〟を作っていってください」

凛とした雰囲気をまとって、はっきりと言うその姿に、なんだか胸がじんとした。それと同時に、彼が長い間囚われていた過去からようやく抜け出せたのではないかと思えた。

雪成さんの答えを聞いた父は、穏やかな笑みを浮かべて頷く。

「そうか、わかったよ。ありがとう。ただ、ひとつだけ君に渡したいものがある」

父は突然席を立ち、厨房のほうへ向かう。すぐに戻ってきた彼の手には、なにやら古びたノートが持たれていた。

「はい、君のお父さんが残したレシピだよ。『もしも息子が現れたら渡してやってほしい』と頼まれていたんだ」

差し出されたそれを凝視する雪成さんは、感動と驚きが交ざったような、なんとも言えない表情をしている。

ためらいがちにノートを受け取ると、ゆっくりページを開いた。

「……これを見られるときが来るとは、思ってもみませんでした」

彼は綺麗な字でこと細かに書かれたそれを食い入るように目で追い、ほんのわずかに声を震わせる。その瞳は、ゆらゆらと揺れているように見える。

「ありがとうございます。父の形見として、後生大事にします」

濡れた宝石のごとく綺麗な瞳を父に向け、心から感謝する彼を見て、私も目頭が熱くなった。

遠回りをしたけれど、やっと雪成さんたちも仲直りできたのだと、そう思いたい。

心温まるひとときはあっという間に過ぎてしまい、私と父は後ろ髪を引っ張られる思いで、『またゆっくり会おうね』と言って別れた。

母とも、今度はお盆に帰る約束をして駅でお別れし、今は雪成さんと東京へ向かう新幹線の中だ。

遠くなっていく地元の景色にわびしさを感じていると、雪成さんが先ほどもらったノートを取り出して眺め始めた。そして、おもむろに口を開く。

「このノート、親父は絶対見せてくれなくて、『お前が一人前になったら渡してやる』って言われてた」

彼は昔を懐かしむ優しい瞳をして、ところどころ汚れた古いノートの表紙をそっと撫でる。

「その一人前っていうのは料理人としてのことだとずっと思ってたけど、もしかしたら〝親父が認めるくらい立派な人間になったら〟って意味だったのかもしれないって、今は思う」

穏やかな口調でそう言うと、私をちらりと一瞥して「都合よすぎか」と苦笑した。

私は微笑んで首を横に振る。

「ううん。きっと天国でお父様も頷いてますよ」

こちらこそ勝手な憶測だけれど、雪成さんのご両親は、彼がどんな道を選んだとしても、その頑張りを見守ってくれていると信じたい。

ちゃんとした恋人同士になってから、彼は決して私を悲しませることはしないし、目いっぱいの愛を与えてくれている。もちろん仕事に関しても手は抜かないし、大胆不敵なやり方なのは相変わらずだが、社員やお客様への思いやりがさらに増していると感じる。

お父様が残したレシピは、迷いや後悔を振り切って自分の道を進み続ける彼を認め、応援している証《あかし》のような気がしてならないのだ。

私の言葉を素直に受け止めた様子の彼は、柔らかでちょっぴり含みのある笑みをこぼす。

「まあ、麗専属のシェフとしてなら一人前かな」

茶化したつもりだったとしても、私はとても嬉しくなる。この人が私だけのシェフでいてくれるなんて、贅沢で幸せすぎるもの。

口元をほころばせるも、やっぱり女として自分も頑張らなければと思う。

「そのノート、私も見せてもらってもいいですか? 覚えたいです、不破家の家庭の味を」

ちょっと出しゃばりすぎだろうかと思いつつもお願いしてみると、雪成さんはふわりと微笑む。

「もちろん。そうしてもらえたら俺も嬉しい」

快くノートを渡してくれる雪成さんにお礼を言い、私はそれを大事に受け取って、じっくりと目を通した。

いつかこのレシピを、彼との家庭の味にしていけたら……なんて、大層なことを考えながら。

彼との交際は至極順調ではあるものの、会社では相変わらず社長に忠実な秘書として接することを心がけている。

二十八歳の誕生日当日を迎えても、浮き足立つことなく職務を全うするのみ。夜は一緒に過ごすことになっているから、それを特別報酬だと思って今日一日を乗りきるのだ。

しかし昨日、桃花に予想外の報告をされ、それがときどき頭によぎって物思いにふけってしまいそうになる。

ミーティングルームで打ち合わせが終わった今も、エイミーの小指にはめられたピンキーリングを見て、つい小さなため息をついた。彼女はそんな私に気づき、小首を傾げる。

「どうかした?」

「それが……結婚することに決めたんだって。私の同居人」

「わあ、ピーチ姫が⁉　おめでと～!」

エイミーはパチパチと手を叩いて喜ぶ。微妙なあだ名もつけてすっかり友達のようだけれど、この子が桃花に会ったことは一度もない。私が話すのを聞いているだけで。

昨日、夕飯を食べようというときのこと。桃花がなんだか改まった様子で正座をするので、私もつられて正座をして、彼女の言葉に耳を傾けた。

『実は……プロポーズ、されて』

『おっ⁉』

『結婚することに決めました』

『おお~! おめでとう~‼』

私は歓喜の声を上げ、真っ赤になって縮こまる桃花を抱きしめて祝福した。彼女は
『まだ親にも言ってないんだけどね』と照れ笑いしていて、私に真っ先に報告してくれたことも嬉しかった。

トントン拍子に進む颯太と桃花の様子を見ていると、やはりふたりは運命の相手だったのだと思わずにはいられない。

「本当におめでたいし、私もすごく嬉しいんだけど、同じくらい寂しくなるよ」

私は書類をまとめながら、苦笑と共に本音を漏らした。

ひと晩経って落ち着いて考えてみれば、桃花が結婚するということは私たちの同居生活が終わるということ。すでに家族同然の彼女と離れるのは、なんとも寂しいものがある。

ただ、元カレと結婚することに対してはそんなに複雑な気分にならない。私、颯太

よりも桃花のほうが好きだったのかも。

センチメンタルになる私に反し、エイミーはワクワクした様子で励ます。

「アリサもボスの家に転がり込むいい機会じゃん。しかも結婚の話を出せば、ボスも意識するかも」

「そうですよ」

突然エイミーの言葉に同調してきたのは、私たちの前方に立っている桐原さんだ。彼はいつもの涼しげな顔できっぱりと言う。

「この機会を逃したら、あの仕事人間はいつまで経っても結婚に向けて動きださないかもしれません」

「ああ、私が内心恐れていることを……」

痛いところを突かれ、私は頭を抱えた。

雪成さんが私を想ってくれていることは充分伝わっている。ただ、結婚となると話は別だ。

彼は常に忙しいからまだ結婚は考えなさそうだし、なによりその二文字が彼の辞書に存在するのかどうかすら謎だ。忘年会のときも『一生できないかも』と言っていたくらいだもの。恋人になれたとはいえ、そこから先に進むのはまた難しい。

私から切り出してもいいのだけど、やっぱりこれは男性側からアプローチしてほしい願望もあるし……。桃花が結婚すると聞いたら、急に悩み始めてしまった。

悶々とする私を、気配を消していた武蔵さんが静かに眺めている。その横に立つ桐原さんは、私を安心させるように、ふっと口角を上げる。

「もしどうにも困ったときは、また私が社会的に抹殺される覚悟でお助けしますから、遠慮なくおっしゃってください」

「頼みづらいです、それ」

微妙な笑みでツッコむ私。桐原さんはやはり私に気があるわけではなく、楽しみながら雪成さんとのサポートをしてくれているらしい。

ミーティングルームに残っているのは事情を知っている四人だけなのをいいことに、好き勝手に話していると、ガチャリとドアが開く。

「アリサ」

噂をすれば、顔を覗かせたのは雪成さんだ。社内では前と変わらない呼び方なのは、仕事とプライベートのメリハリがつくから。

電話がかかってきて打ち合わせを抜けていた彼の登場に、私は条件反射できりっと姿勢を正し、「はい」と返事をする。

「TSUKIMI のレストランの改装工事の件だけど、古い厨房機器を新しくするから、業者から見積もり取っておいてくれる？　工事は今月末からの予定で、メニュー検討会議の連絡も同時に各部署によろしく」

サッとメモ帳を開く私に、雪成さんは思い出したように付け加える。

「あ、ついでにお前の元上司に、『顧客満足度八十パーセントで満足してないで改善点を洗い出せ。寝ぼけてんのか』って伝えといて」

「承知しました」

最後のひとこと以外は仰せのままにしよう、と心に留めて軽く頭を下げた。

不敵な社長様は、つらつらと用件を伝えて再びミーティングルームをあとにする。

今言われたことを忘れないうちにメモしていると、静観していた武蔵さんが口を開く。

「……アリサさんを見ていたら、好きな四字熟語がひとつ増えました」

「わかった。〝社畜女子〟でしょ」

「〝社長夫人〟より似合っている気がしますね」

エイミーと桐原さんも口々に続き、武蔵さんも交えて三人で笑い合っている。

もう、言いたい放題なんだから！　私は別に、社長様の要求に対してノーと言えないわけじゃなくて、できるからやっているまでなんですよ。

反論したくなっているところへ、なにか言い忘れたのか雪成さんが戻ってきて、皆が押し黙る。

「アリサ、今の用件は後回しにしてとりあえず昼飯。……なに皆、白けた顔してんの」

三人が〝いまだにこき使われてかわいそうに……〟みたいな憐れみの目で私を見ているのがわかる。

それをごまかすためにも、私は「なんでもありません！」と言って急いで荷物を持ち、ぽかんとしている雪成さんに駆け寄った。


パーフェクト・マネジメントが委託しているレストランの抜き打ちチェックは、今も週三日は行っている。私もほぼすべての委託先に足を運ぶことができた。

ところが今日連れてこられたのは、初めて訪れる場所。ヨーロッパのお城を彷彿とさせる三角錐《さんかくすい》の塔がそびえ、綺麗に手入れされた庭園に囲まれたここは、どう見ても結婚式場だ。確か、平日はランチをいただくことができるという……。

もしかして、式場の厨房にも人材を派遣するつもりなのだろうか。

「あの、ここ、私たちの会社が委託しているところじゃないですよね。これから交渉する、とか？」

キョロキョロしつつ問いかけると、駐車場に車を停める雪成さんは、意味深な笑みを浮かべて答える。

「交渉ならもうしてある。少し中を見せてくれって」

「そうなんですか」

さすが、行動が早い。食事をするだけでなく厨房を見学するということは、ここのランチ営業を引き受けることも考えていたりして。でも、式場でそんなことができるのかな?

少々怪訝に思いながらも、素敵で非日常的な式場内に入ると仕事のことを忘れてしまう。一緒にいるのが好きな人となれば、なおのこと。

しかし、彼の頭の中にはそんな甘い考えはないだろう。あくまでビジネスのためにやってきたのだから。

夢から現実に引き戻された気分でひとり切なくなっていたとき、黒いパンツスーツをまとったスタッフの女性が現れ、式場の奥へと案内される。

憧れの場所にいるのに俯きがちに歩いていると、私の顔を覗き込むようにして雪成さんがクスッと笑う。

「まだ気づいてないのか」

よく意味がわからないひとことが聞こえ、私は首を傾げて彼を見上げる。

「なにに？」

「今は、仕事は関係ない。交渉したのは、ここに入らせてもらうことだよ」

彼がそう言った直後、木製の重厚なドアが開かれ、ぽかんとしていた私はそちらに目をやる。

そして唖然とした。ドアの先に見えるのは食事をいただく場所ではなく、厳かなチャペルではないか。

「え、ええっ⁉　なんで……」

「どうぞ、おふたりでゆっくりご覧になってください」

瞠目する私に構わず、スタッフの女性はにこやかに私たちを中へと促したあと、静かにドアを閉めた。

いったいどういうことなのか、すぐには理解できず固まっていると、雪成さんは私の手を引いてバージンロードを歩き始める。

美しいステンドグラスから柔らかな光が差し込み、誰もいない祭壇を照らしている。その前までやってきて、彼は足を止めた。ドラマかなにかの世界にいるんじゃないかと錯覚しそうになり、ドキドキと鼓動が速まる。

そんな私に向き合った彼は、魅惑的な笑みを浮かべてポケットの中に手を入れる。

「先に言っておくが、これは特別報酬なんかじゃないからな」

念を押して彼が取り出したものは、白いリボンがついた小さな四角い箱。さらにその中から、まばゆい輝きを放つ宝石が存在を主張するプラチナのリングが現れた。

ここまでされたら、鈍感な私もさすがに彼の意図に気づく。気づくけれど、にわかには信じられない。

「嘘……これ……！」

無意識に口に手を当て、驚きと感動が入り交じった声を上げた。

雪成さんはほんの少しだけ照れくさそうにはにかみ、私の左手を取って薬指にリングを通す。

「俺はお前と一緒に生きていきたいっていう意思表示。麗が生まれた大切な日に、ちゃんとした場所でしておこうと決めてた。もう二度と不安にさせないように」

その言葉がじんわりと胸の奥に沁み込み、瞳には温かな涙がみるみる溜まっていく。

リングは薬指にぴたりとはまり、潤んだ視線を上げれば、彼が凛々しい表情で私を見つめているのがかろうじてわかった。

「愛してる。秘書としてだけじゃなく妻として、四六時中そばにいてくれ」

彼の唇が最高に幸せな言葉を紡ぎ、私の瞳の縁からひと粒、またひと粒と雫がこぼれた。

まさかプロポーズされるなんて。嬉しいに違いないのに、想像もしなかった展開に動揺して、つい可愛くない反応をしてしまう。

「結婚……一生できないかもって、言ってたのに」

「そうだよ。麗とじゃなければ一生無理」

ゆるりと口角を上げる彼のひとことに、心臓がトクンと揺れた。

ああ、そういうことだったんだ。忘年会のときは、私と離れることも考えていたから……。

ごめんね、雪成さん。忙しい中こんなサプライズまで計画してくれていたのに、あなたに結婚の意思があるかどうかと疑って。

薬指にきらめく、彼のものだという証を右手で包み込み、嬉し泣きしながら想いを伝える。

「私も無理です。雪成さん以外、考えられない」

震える声でそう言った瞬間、背中に手が伸びてきてしっかりと抱き寄せられた。

「ありがとう。それと、誕生日おめでとう」

耳元で響く滑らかな声も、抱きしめる腕の強さや温かさも、なにもかもが愛おしくてたまらない。こんなに素敵な誕生日を迎えられるとは思ってもみなかった。

「幸せすぎて死にそうです……」

涙が落ち着いてきて腕の中でぽつりと呟くと、雪成さんは私を囲ったまま見下ろし、突拍子もないことを言う。

「死にそう？　あいにく、今サンドイッチはないぞ」

「サ、サンドイッチ？」

このロマンチックな状況で、なにをどうしたら突然サンドイッチが出てくるのか。まったく意味がわからない。

グスッと鼻をすすって間抜けな顔を上げれば、彼は含みのある笑みを浮かべている。

「あのとき麗がプロバイドフーズを辞めてたら、今こうしてることもなかったんだろうな」

それを聞いて私はすぐに息を呑み、目を見開いた。

もしかして、雪成さんが言っているのって五年前のこと？　『どうした？　死にそうな顔して』と言ってサンドイッチをくれた、初めて会ったときの――⁉

「ええっ……五年前のこと、覚えてたの⁉　なんでもっと早くに教えてくれないんですか～！」

衝撃を受けた私は、さっきまでのいい雰囲気はどこへやら、胸倉を掴む勢いで詰め寄る。

しかし雪成さんはおかしそうに笑って「ごめんごめん」と適当に謝り、私の頬に優しく手をあてがう。

「とりあえず、キスしていい？　話はそのあと」

可愛らしく小首を傾げ、甘い声色でそんなふうに言われたら、私の勢いはみるみる治まって懐柔させられてしまう。

もちろん拒むつもりなどないけれど、こちらもひとつお願いしておいてもいいだろうか。

「……これから、毎日キスしてほしいです。年を取っても、ずっと」

正直な願望を口にすれば、彼は愛おしそうに微笑み、大きな手で包み込むように私の後頭部を押さえる。

「そのつもりだから、ご心配なく」

快く了承すると共に、甘美な唇が寄せられた。

思えば、彼はこれまで私の要求をすべて受け入れて、望んだ以上の愛やぬくもりを返してくれた。

アリサという呼び方をやめてと頼んだときも、謝るより愛してほしいとねだったときも、そして今も。仰せの通りにしてきたのは、私だけじゃなく彼も同じだったのだと気づかされる。

これから先も、私はあなたへの想いと独占欲で胸を焦がしつつ、従順でいるに違いない。

だからあなたも、お気に召すままに、私を愛していて——。

尽きることのない望みを抱く間に、羽のように優しいキスが舞い降りてきて、私は幸福に浸りながら瞳を閉じた。

特別書き下ろし番外編

スイート・マリッジライフの秘訣

明日、私は〝有咲〟を卒業する。

プロポーズされてから約二ヵ月の間に、両親や会社の皆に報告し、雪成さんのマンションへの引っ越しの準備を進め、覚えやすいからという理由で七夕に入籍することになった。結婚式はそのあと、落ち着いてからするつもりだ。

ここまで早送りしたみたいに一気に日々が過ぎていったせいか、明日から入籍と同時に新婚生活が始まるというのに、正直まったく実感が湧かない。

独身最後の出勤日も、私自身はいつもとなんら変わりなく、社長様のサポートに勤しんでいる。

今日は、数十人の大学生を集って会社説明会が行われている。ただ今、雪成さんはミーティングルームで学生の皆さんに話をしている最中だ。

ガラス張りの一室の中で、真剣な表情で話している彼を、私はいつの間にかフロアを歩く足を止めて眺めていた。

あのお方が、明日からは私の旦那様になるのよね。……やっぱりとっても不思議な気分。

今しがた部長から受け取った書類を手にしたまま、ついぼうっとしてしまっていた私は、右隣に人がやってきて我に返った。振り向けば、ファイルを胸に抱えたエイミーが、私と同じくミーティングルームを見てニンマリしている。

「アリサは明日からアリサじゃなくなっちゃうのか〜。これからなんて呼べばいいかな？　やっぱり不破っち？」

「いや……今後もアリサで」

立てた人差し指を顎に当て、小首を傾げて新しいあだ名を考える彼女に、私は微妙な笑みを浮かべて返した。

社内では今後も旧姓のままでいいと思っている。お互いに〝不破さん〟だと、どちらを呼んでいるのかややこしくなりそうなので。

でも、戸籍上は不破 麗になるのか……。うわ、なんともくすぐったい。

ほんのりと頬が熱を持つのを感じていると、エイミーは突然真剣な顔つきになり、こちらにずいっと身体を近づけてきた。

「結婚しても油断禁物だよ。既婚男性ってなぜか魅力が増すんだから。今だってほら、女子たちがあんなに目を輝かせてるじゃん。モテる男の妻は大変だと思うけど、ファイト！」

エールを送る彼女が指差すミーティングルームのほうを見やれば、和やかな雰囲気で笑い合っている彼らが目に入る。確かに、女子たちは雪成さんに釘づけになっているようだけれど、あれは単に真面目に話を聞いているだけなんじゃ……。

若干目を細めて注視していると、今度は左隣に桐原さんがやってきた。いつの間にエイミーの話を聞いていたのか、彼は私に意味深な笑みを向けてこんなことを言う。

「説明会で毎回行われる社長への質問コーナーでは、常に女子たちに『恋人はいますか？』と尋ねられていますよ」

「えっ」

「まあ、『そんなこと知ってどうする』と一蹴されて終わりですが」

それは初耳だ。一気に胸がもやっとし始める。

「嘘……今の子たちってそんなに積極的なんですか」

「気にするとこ、そこ？」

エイミーが笑ってツッコんだ。もちろん、あんなに若い子に雪成さんがなびくことはなくても、女子に甘い視線を送られているかもしれないと思うといい気はしない。

表情が険しくなるのを自覚する私に、桐原さんたちが口々に言う。

「結婚しても危機感は持っておいたほうがいいかもしれません。長い結婚生活の中では、多少の刺激も必要ですし」

「そうそう、安定と少しのハラハラ感が大事！　結婚はゴールじゃないからね」

「はあ、なるほど……。ていうか、おふたりとも未婚ですよね……」

まるで既婚者かのような物言いのふたりに、納得させられつつも苦笑した。

でも確かに、結婚したからといって安心しきってはいけないのだろう。雪成さんを信じていないわけではないが、私自身も飽きられないように日々努力しなくては。

学生相手に魅力的な笑みを見せる彼を目に映しながら、私は奥様になる身として、気を引きしめていた。


説明会も、一日の業務も無事終わり、やり残したことがないかもチェックした。

最後に、雪成さんに明日の段取りを確認しておく。

「社長、明日は午前十時に私のマンションに迎えに来ていただいて、引っ越しを完了させたあと、午後は婚姻届を提出する予定ですので、よろしくお願いします」

「ああ、よろしく……っつーか、お前のそのクソ真面目なところはブレないな」

デスクに座って書類にサインをしていた雪成さんは、その手前に立つ私を見上げて呆れたように笑う。おかしいとは思うけれど、社長室にいるとどうしても秘書の姿勢を崩すことができないのだ。

そんな私の耳に、「そこがまたいいんだけど」という、彼のなにげないひとことが届いた。小さな喜びがまたひとつ積み重ねられていく。

自分のすべてを受け入れてくれる人に出会えた幸せを噛みしめていると、腰を上げた雪成さんの手が伸びてきて、くしゃりと頭を撫でられた。私の目には、不敵な社長様としては絶対に見せない、愛《め》でるような笑みを浮かべた彼が映る。

「家では俺にたっぷり甘えてくれよ。明日からは家族になるんだから」

……ああ、幸せすぎて胸がきゅっとなる。私たちのやり取りをオフィスから誰かが見ているかもしれないけど、もういいや。やっと妻になる実感が少し湧いてきたので、今だけ浮かれさせてください。

私は緩みまくる顔を隠さず、「承知しました」と答えた。

独身最後の夜は、住み慣れたマンションで桃花と過ごした。彼女も数週間前から颯太と同棲を始めているのだが、私がここで寝泊まりするのも最後のため、同居していたときのようにふたりで過ごそう、ということになって。

実は、桃花よりも先に私が入籍することになったのだ。彼女たちは付き合い始めた記念日であるクリスマスイブに入籍するらしい。

必要最低限のものしかなくなった殺風景な部屋で、デリバリーのピザを食べながら、ここに至るまでの思い出話をたくさんした。『ここが第二の家だったから寂しいね』『いつも楽しかったね』と語り合い、ちょっぴりほろりとしながらも、それ以上に笑って過ごした。

以前感じた、桃花と離れることに対する不安は、今はまったくない。これで友情が途切れることはないと、自信が持てるようになったから。

お互いに幸せになることを願って、私たちは女ふたりの気楽な生活を卒業した。

翌日、引っ越し業者に残りの荷物を任せ、約束通り迎えに来た雪成さんの車に乗って、思い出の詰まった部屋をあとにした。

新居となる彼の部屋に着くと、まずもうひとりの家族となるピーターとたわむれ、ある程度荷物を片づけてから、ランチをしにレストランに向かった。そのあとは、いよいよ区役所の時間外窓口へ。

必要書類や、記入間違いがないかを何度も確認したおかげで不備はなく、あっさりと受理してもらえた。後日、正式に処理が済めば、七夕の今日が記念日となる。

心が温まるというか、身が引きしまるというか。なんとも言えない感覚で役所を出た私は、独り言みたいにぽつりと呟く。

「私たち、夫婦になったんだ」

「そうだな」

雪成さんの声には、淡々とした中にも穏やかさが感じられた。目を合わせるとクスッと微笑み合い、彼が当たり前のように私の手を取ろうとする。

ささやかな幸せに包まれていた、そのときだった。

「あれっ、不破社長⁉」

前方から思わぬ声が響き、私たちは手を繋ぐ直前で同時に、声のするほうにぱっと顔を向けた。

そこにいたのは、緩く波打ったロングヘアの、とても可愛い顔立ちの女性。年はおそらく二十歳ぐらいだろう。

どこかで見たことがあるような……と考える私など視界に入っていないかのごとく、彼女は雪成さんの目の前に駆け寄ってくる。

「びっくりしました、こんなところでまた会えるなんて！　昨日はありがとうございました」

愛嬌《あいきょう》のある笑顔を振りまく彼女の言葉で、〝ああ、昨日の会社説明会に来ていた子だ〟と思い出した。学生たちの中で特に可愛かったため、印象に残っていたのだ。

雪成さんも覚えているらしく、ビジネスモードの笑みを浮かべて返す。

「こちらこそありがとう。少しは役立ったか？」

「少しどころじゃありません！　とっても刺激を受けました。私、絶対パーフェクト・マネジメントに就職して、社長と一緒に働きたいです」

「いいね、その心意気。待ってるよ」

雪成さんの言葉に、嬉しそうに「はいっ」と元気な返事をする彼女は、好きな芸能人を見ているかのように目をキラキラさせていた。

あ、これは危ない気配がするぞ、と私の女の勘が働く。

この子が雪成さんに憧れていることには違いないだろう。もし本当に入社して、この勢いでグイグイ迫ってきたとしたら……ああ恐ろしい。

ひとり大げさな想像をしていると、彼女の目線がなにげなくこちらに向けられる。そこで初めて私の存在に気づいたのか、はっとしてぺこりと会釈した。

昨日私も軽く挨拶をしたので、おそらく秘書だということを覚えていたのだろう。

彼女は若干勢いを弱めてしおらしくなる。

「すみません、お仕事中でしたか?」

「いや。嫁とデート中」

雪成さんがあっけらかんとした調子でさっそく〝嫁〟と返し、さらにぐっと肩を抱き寄せるからドキリとした。

私と彼女は、お互いに目を丸くする。数秒見つめ合ったあと、彼女は意味を理解したらしく、ぎこちない笑みに変わっていく。

そして、「そ、それは失礼いたしました! では……」としおしおと頭を下げ、あからさまに肩を落として踵を返した。

そこはかとなく絶望感を漂わせながら去っていく彼女の背中を見つめ、私は苦笑を漏らす。

「……積極的だなぁ、あの子。やっぱり雪成さんのこと狙ってたのかも」

「そうか? 就活の一種じゃねーの」

私の肩を抱いたまま呑気なことを言う雪成さんに、一抹の不安を覚える。

もしまた誰かに好意を持たれたとして、彼にその自覚がなかったら、迫られっぱなしになってしまうかもしれない。不倫だのなんだのと言う前に、自分の旦那様に女の子が寄ってくるだけで嫌だ。

私ってこんなに独占欲が強かったっけ、と自分に驚きながらも、表情を険しくして彼の顔を覗き込む。

「雪成さん、危機感を持っていてくださいね⁉ 夫婦になったからって、安心しきっちゃダメ！ ……だそうですよ」

昨日、エイミーたちに言われたことと同じ忠告をしてみた。

キョトンとしていた雪成さんは、数回まばたきをする間になにかに気づいたらしく、探るような目をしてズバリ問いかける。

「嫉妬？」

「うっ……やっぱり的確に当ててきますね」

私はこれまで何度口にしたかわからない言葉を呟き、かくりと頭を垂れた。

そうですよ、ただの嫉妬ですよ。ちょっと女の子に話しかけられたくらいで妬いているって、自分でも子供っぽいと思うけれど。

俯き気味に口を尖らせる私の耳に、雪成さんの余裕に満ちた声が流れ込んでくる。

「危機感がどうとかそんなの気にしなくても、どんな女が現れようと、俺は麗にしか惹かれないぞ」

……嬉しい。そうやって断言してもらえると安心する。

でも、これってハラハラしたからこそ得られる安心感なんだろうか。毎日甘いセリフをかけられていたら、いつかそれが普通になってしまったりして。

黙りこくってエイミーたちの助言の意味を改めて考えていると、雪成さんはやや怪訝そうに顔を覗き込んでくる。

「まだ信じられない?」

「違っ、そういうわけじゃ――!」

はっとした私は、誤解させただろうかと焦り、慌てて首と手を振る。その手を即座にぎゅっと掴まれ、獣のような鋭さと情熱を帯び始めた彼の瞳に捉えられて、息を呑んだ。

「いいよ、飽きるほど伝えてやる。俺がどれだけお前に惚れ込んでるか」

ドキリ、と甘く危険な予感に胸が疼く。彼がこの目をするときは、激しく心臓を高鳴らせられる前兆だと、私はもうわかっている。

まさか彼に危機感を与えられるとは、予想外だ。

用を済ませてマンションに帰るや否や、日が暮れる前からベッドに連れ込まれた。

思えば、最近忙しくてゆっくりする時間がなかったから、こうして素肌を重ねるのは少々久しぶりで。溜まっていた欲求が解放されたみたいに、熱く、激しくお互いを求め合う。

今日から私たちは夫婦で、ここで暮らす初めての日なのだという意識も相まって、いつもよりも身体のあらゆるところが敏感になっている気がする。

雪成さんは私から溢れた蜜を指や舌で絡め取り、どこか満足げに言う。

「今日は一段と感じてるな。すごく濡れてる」

「やっ……言わ、ないで」

めちゃくちゃ恥ずかしいことを口にされて、赤面した顔を手の甲で隠したのもつかの間、その手を取られてしまった。

「俺の奥さんになれたから？」

ダイヤが輝く左手薬指にキスをしてそう聞かれ、私は恍惚としながら素直にこくりと頷く。彼はとろけるような笑みを浮かべ、ゆっくりと私の中に入ってきた。

しかし、彼の背中に爪を立ててしまいそうなほど私が身悶《みもだ》えるのは、そのせいだけじゃない。

「好きだ、麗……お前がいなくなったら、冗談じゃなく死ぬってくらい、好きだよ」

ほら、さっきから幾度となく甘美に囁くのだ。〝好き〟って。

『飽きるほど伝えてやる』と言っていたのはこういうことだったのか。普段あまりストレートに言わない彼にこんなに告白されたら、私のほうが幸せの海で溺れて死ぬ。

何度も腰を打ちつけられながら、また耳元で愛の言葉を吹き込まれて、もうわけがわからなくなってくる。

「あ、んんっ……ダメっ、それ……！」

「前は『もっと言って』ってねだってたのに？」

わずかな汗が光り、余裕がなさそうなのに意地悪な笑みを浮かべる旦那様は、やっぱり容赦がなくて。

「やめないよ。ずっと伝え続ける。……愛してる、麗」

甘く紡いだ唇で深くキスをすると共に、弱い部分を突いて、私を真っ白な天国へとさらっていった。

……心配はいらないみたい。好きだと口にされればされるほど、こちらの想いも膨れ上がるから。きっとこれからも、私たちの愛に際限などない。

そう無条件で信じられるくらい、幸せに満ちた新婚初夜となった。

入籍から約一週間後、私たちの部屋には、お馴染みのメンバーである桐原さん、エイミー、武蔵さんがそろっていた。

ダイニングテーブルに並ぶのは、主に雪成さんが作った料理の数々。入籍のお祝いをしてくれた三人を招き、私も手伝って手料理を振る舞うことにしたのだ。

冷たいヴィシソワーズやサーモンのリエットを食べたエイミーが、目を輝かせて感動を露わにしている。

「ボスの手料理、初めて食べました！　すっごい美味しい！　お店出したほうがいいんじゃないですか？」

エイミーの言葉に、武蔵さんもひたすら頷いた。雪成さんはテーブルの上でシェフさながらに仔羊《こひつじ》のロティを切り分けながら、穏やかに口角を上げている。

「店ねぇ。ゆくゆくはそうするのもアリかもな」

「もう私は手伝いませんからね。食べる専門で」

桐原さんは冷めた発言をしたかと思いきや、雪成さんの料理は食べたいようなので、おかしくて笑ってしまった。

わいわいと食事を楽しんでいる皆の姿を見て嬉しく思いながら、私は小型のワインセラーから赤ワインを取り出す。それを持ってテーブルに戻ると、エイミーが興味津々に問いかけてくる。

「ねえ、ふたりは新婚旅行は行かないの？」

ああ、そういえば。引っ越しが落ち着いてからでいいやと、まだどこへ行くかは決めていないのだった。

「式を挙げたら行こうと思ってるけど、場所はまだ……」

「北海道かな」

私の言葉に、雪成さんがそう続けた。キョトンとして隣を見やると、彼は切り分けた肉を皿にのせながら意味深な笑みを浮かべている。

「俺の嫁になってくれた、特別報酬も兼ねて」

すでに懐かしく感じるひとことで、以前出張で北海道へ行ったときのことが思い出され、胸がほっこりした。

『旅行したいなら、完全にオフのときに連れてきてやるよ』と言っていたっけ。雪成さん、あのときのことを覚えていたんだ。

私以外の三人は不思議そうな顔をしていて、首を傾げるエイミーが再び問う。

「特別報酬？　ていうか、海外じゃなくていいんですか？」

「まずは国内を制覇してからだろ。先は長いし、海外はそのあと」

雪成さんからなにげない調子で口にされたのは、私たちの幸せな未来を見据えた発言。一緒にたくさん旅行してくれるつもりなのだと思うと、嬉しくて仕方ない。

「私も行きたいな、北海道」

口元を緩ませて呟くと、雪成さんも私を見て微笑んだ。

そんな私たちを見ていた桐原さんは、真面目な顔で私に向かって声をかける。

「有咲さん、常に旦那に合わせなくてもいいんですからね。四六時中この人と一緒にいたら不満が溜まるでしょうから、その都度私たちに吐き出してください」

「おい」

雪成さんは瞬時に表情を変化させ、じとっとした目線を桐原さんに送る。しかし、彼はまったく気に留めていない。

「ああ、もう有咲さんではないのか。これからは麗さん、とお呼びしましょうか」

「お前は禁止」

私が反応する前に、雪成さんが名前呼びを即却下した。桐原さんはやはり平然としていて、彼がそう言うのを見越していた様子だ。

それくらい別に許してもいいのに、と私は苦笑を漏らす。

「そうか、〝麗さん〟がダメなら……」

そう呟いてふいに席を立った桐原さんは、なぜか私と雪成さんの間に割り込んでくる。そして私の背中に手を回し、もう片方の手を、ワインを持つ私のそれに重ねた。

突然の密着感に驚いて目を丸くする私に、彼は普段とは違う甘く低い声で囁く。

「麗、貸して。俺が開けてあげる」

「へっ⁉　あ、あの……！」

なんかイクミンが別人なんですが！

〝俺〟って言うのは初めて聞いたし、いつもとのギャップに不覚にもドキッとしてしまった。

あたふたしていると、桐原さんの向こうで黒いオーラを漂わせまくっている旦那様に気づき、ギョッとする。

無表情で包丁を持つ手をプルプルさせる彼は、抑揚を抑えた低く恐ろしい声で言う。

「気づかなくて悪かったな、イクミン……そんなに抹殺されたかったとは」

「雪成さん、包丁！　一旦置いて！」

刃物をキラリと光らせる雪成さんと、思わず叫ぶ私を見て、他三人は「あっはっは」と笑っていた。

呑気な人たちめ！

桐原さんがすぐに私から離れて、なんとかその場は収まったが、ふたりはそのあともなんやかんやと悪態をつき合っている。

私はやれやれと苦笑いしつつ、ひとりピーターのケージに近づく。

じっとして雪成さんたちのほうを見ているので、異様な雰囲気を感じ取っているのかな、なんて思う。

ようやく雪成さんにも懐くようになってきたのに、これじゃあまた怖がられちゃうかも。

含み笑いして、もふもふの毛を撫でていると、こちらにエイミーがやってきた。私の隣にしゃがんだ彼女も、楽しそうにピーターを構ったあとにこんなことを言う。

「ボスにはイクミンが危機感与えてくれそうだけど、アリサには必要ないかもね」

「え？」

意味深に口角を上げる彼女は、手にしていた誰かのスマホを私に見せ、なにやら画面を操作し始める。

「これ、武蔵のなんだけどね。ホームページに載せる記事を書くために、この間の会社説明会でのボスの話を一応録画してたんだって。で、ここ聞いてて」

男性陣の声を背中に受けながら、エイミーに寄り添って画面を覗き込むと再生が始まり、『社長、恋人はいるんですか?』という学生の質問が聞こえてくる。

続いて『それを知ってどうする』という、お決まりらしい雪成さんの声と皆の笑い声が響き、桐原さんの話は本当なんだなと実感した。

ところが、いつもはここで終わりになるはずが、今回は続きがあるらしい。

『まあでも、恋愛も生きていくうえで必要だなっていうのは最近になってようやくわかったかな。ひとつ教えておくよ、特に男性諸君に』

雪成さんはテーブルに両手をつき、男らしい真剣な表情で皆を見回して口を開く。

『自分にとっての女神っていうのは、必ずいるものなんだ。そういう存在を見つけたら、絶対に手放しちゃいけない。一生大事にしなさい』

仕事とはなんら関係ないアドバイスだが、私にとっては胸がいっぱいになる言葉。

雪成さん、こんなことを言っていたんだ……。

画面の中の彼を見つめる私に、エイミーが微笑ましげに声をかける。

「この〝女神〟って絶対アリサのことでしょ。こんなに愛されてるんだもん、変な駆け引きはいらないよね」

そう、必要なのはきっと、お互いを大切に想う心。

〝愛さえあれば〟とはよく聞くフレーズだけれど、結婚生活で大事なのはそれに尽きるのだと思う。

たとえ刺激がなくたって、私が破天荒な彼に飽きる日が来ることなど絶対にないと言いきれる。

エイミーと目を合わせて笑みをこぼし、なんとなく雪成さんのほうを振り返った。息が合ったように彼と視線が絡まり、優しく微笑まれる。

「麗、おいで」

……もちろん、ついていきますよ。いつまでも、なにがあっても。

心の中で密かに誓って腰を上げ、今日も従順に大好きな旦那様の元へ向かった。

End

あとがき

本作をお読みくださった皆様、ありがとうございます。葉月りゅうです。

今回のヒーローは、ちょっとクセがあるうえに異色な経歴の持ち主でしたが、お楽しみいただけたでしょうか。

なぜそんなキャラ設定にしたかというと、私のファンのひとりである母の言葉がきっかけです。書籍化された私の作品をすべて読んでくれている彼女が、あるときなにげなく言ったのです。

「ヒーローはだいたい社長や御曹司だけど、平社員から社長にのし上がった人とかはダメなの？」的なことを。

ああ、それアリかも！と思い、不破さんが生まれました。たぶんすでに母は言ったことを忘れていると思いますが（笑）、密かに感謝しています。心に闇を抱えて苦悩したり、恋心をこじらせて悶々としたりするヒーローも大好きですし、こういうキャラを書くのは久々だったので、とても楽しかったです。

そんな彼に振り回される、頑張り屋の麗。サイトの読者様は麗の味方になってくださる方が多く、とても励みになりました。ヒロインには少なからず自己投影する部分があるので、自分が応援していただけているような感覚になるのかもしれません。
脇役たちも、今回はかなり濃いキャラばかりでしたね。皆クセがすごい！（笑）
イクミンはときどき豹変するのが書いていて楽しかったので、またいつかスピンオフで登場させたいなと目論んでいたりします。

さて、今回も親身に相談に乗っていただき、たくさんのお力添えをしてくださった担当編集の三好様、矢郷様、制作に携わっていただいた皆々様に感謝しております。

イラストレーターの上原た壱様、オフィスラブ感満載の大人可愛いイラストをありがとうございました！　再びカバーを飾っていただけて、とても嬉しかったです。

そして、本作をお読みくださったすべての方に、心からお礼申し上げます。

これからも、自分らしいカラーを大切にした作品で、皆様に胸キュンをお届けできるよう精進していきますので、どうぞよろしくお願いいたします！

葉月《はづき》りゅう

葉月りゅう先生への
ファンレターのあて先

〒104-0031
東京都中央区京橋1-3-1
八重洲口大栄ビル7F
スターツ出版株式会社　書籍編集部　気付

葉月りゅう 先生

本書へのご意見をお聞かせください

お買い上げいただき、ありがとうございます。
今後の編集の参考にさせていただきますので、
アンケートにお答えいただければ幸いです。

下記URLまたはQRコードから
アンケートページへお入りください。
https://www.berrys-cafe.jp/static/etc/bb

この物語はフィクションであり、
実在の人物・団体等には一切関係ありません。

俺様社長はカタブツ秘書を手懐けたい

2019年6月10日　初版第1刷発行

著　者　葉月りゅう
©Ryu Haduki 2019

発行人　松島 滋

デザイン　カバー　菅野涼子（説話社）
フォーマット　hive & co.,ltd.

校　正　株式会社　文字工房燦光

編集協力　矢郷真裕子

編　集　三好技知（説話社）

発行所　スターツ出版株式会社
〒104-0031
東京都中央区京橋1-3-1　八重洲口大栄ビル7F
TEL　出版マーケティンググループ　03-6202-0386
（ご注文等に関するお問い合わせ）
URL　https://starts-pub.jp/

印刷所　大日本印刷株式会社

Printed in Japan

乱丁・落丁などの不良品はお取替えいたします。
上記出版マーケティンググループまでお問い合わせください。
定価はカバーに記載されています。

ISBN 978-4-8137-0695-3　C0193

ベリーズ文庫 2019年7月発売予定

Now Printing

『甘味婚―契約なのに、溺愛されて―』 宝月《ほうづき》なごみ・著

出版社に勤める結奈は和菓子オタク。そのせいで、取材先だった老舗和菓子店の社長・彰に目を付けられ、彼のお見合い回避のため婚約者のふりをさせられる。ところが、結奈を気に入った彰はいつの間にか婚姻届けを提出し、ふたりは夫婦になってしまう。突然始まった新婚生活は、想像以上に甘すぎで…。

ISBN 978-4-8137-0712-7／予価600円＋税

Now Printing

『いつも、君の心に愛の花』 小春《こはる》りん・著

入院中の祖母の世話をするため、ジュエリーデザイナーになる夢を諦めた桜。趣味として運営していたネットショップをきっかけに、なんと有名ジュエリー会社からスカウトされる。祖母の病気を理由に断るも、『君が望むことは何でも叶える』――イケメン社長・湊が結婚を条件に全面援助をすると言い出して…!?

ISBN 978-4-8137-0713-4／予価600円＋税

Now Printing

『悪役社長は独占的な愛を描く』 真彩《まあや》-mahya-・著

リゾート開発企業で働く美羽の実家は、田舎の画廊。そこに自社の若き社長・昴が買収目的で訪れた。断固拒否する美羽に、ある条件を提示する昴。それを達成しようと奔走する美羽を、彼はなぜか甘くイジワルに構い、翻弄し続ける。戸惑う美羽だったが、あるとき突然「お前が欲しくなった」と熱く迫られて…!?

ISBN 978-4-8137-0714-1／予価600円＋税

Now Printing

『ベリーズ文庫　溺甘アンソロジー3』

「妊娠＆子ども」をテーマに、ベリーズ文庫人気作家の若菜モモ、西ナナヲ、藍里まめ、桃城猫緒、砂川雨路が書き下ろす魅惑の溺甘アンソロジー！　御曹司、副社長、エリート上司などハイスペック男子と繰り広げるとっておきの大人の極上ラブストーリー5作品を収録！

ISBN 978-4-8137-0715-8／予価600円＋税

Now Printing

『私、完璧すぎる彼と婚約解消します!』 滝井《たきい》みらん・著

家同士の決めた許嫁と結婚間近の瑠璃。相手は密かに想いを寄せるイケメン御曹司・玲人。だけど彼は自分を愛していない。だから玲人のために婚約破棄を申し出たのに…。「俺に火をつけたのは瑠璃だよ。責任取って」――。強引に始まった婚前同居で、クールな彼が豹変!? 独占欲露わに瑠璃を求めてきて…。

ISBN 978-4-8137-0716-5／予価600円＋税

タイトル、価格等は変更になることがございますのでご了承ください。